KB114191

투신
강태산

투신 강태산 3

박선우 장편소설

초판 1쇄 찍은 날 § 2016년 10월 25일
초판 1쇄 펴낸 날 § 2016년 11월 1일

지은이 § 박선우
펴낸이 § 서경석

편집책임 § 이창진

펴낸곳 § 도서출판 청어람
등록번호 § 제387-1999-000006호
등록일자 § 1999. 5. 31
어람번호 § 제1-2551호

주소 § 경기도 부천시 원미구 부일로 483번길 40 서경B/D 3F (우) 14640
전화 § 032-656-4452 팩스 § 032-656-4453
http://www.chungeoram.com
E-mail § chungeorambook@daum.net

ⓒ 박선우, 2016

ISBN 979-11-04-91024-1 04810
ISBN 979-11-04-90979-5 (세트)

※ 파본은 구입하신 서점에서 교환하여 드립니다.
※ 저자와 협의하여 인지를 붙이지 않습니다.
※ 이 책은 도서출판 청어람과 저작자의 계약에 의해 출판된 것이므로,
   무단 전재 및 유포·공유를 금합니다.

투신
강태산

박선우 장편소설

FUSION FANTASTIC STORY

③

투신
강태산

CONTENTS

제1장
회수

강태산은 천천히 앞으로 걸어 나가며 온몸에 현천기공을 돌렸다.

　지금까지 다른 자들 앞에서 현천기공을 돌린 적은 한 번도 없었다.

　현실에 돌아와 기공을 익힌 지 11년.

　지금의 그는 무림에 있을 때보다 훨씬 더 강해졌고 더 막대한 힘을 지니고 있었다.

　가소로운 놈들.

　길게 늘어서서 자신을 바라보는 놈들의 시선이 너무나 가소로워 저절로 미소가 배어 나왔다.

습관은 무서운 것이다.

그는 무림에 있을 때 자신을 얕보는 자들에게는 언제나 이런 미소를 흘려냈고 그 결과는 오직 죽음뿐이었다.

그가 나서자 비호가 앞으로 나오는 것이 보였으나 강태산은 무시하듯 계속해서 걸었다.

비호라는 놈이 자신의 망혼술을 어떻게 알았는지 알 것 같았다.

마희춘은 온몸이 병신이 되었음에도 기억을 하지 못했기에 놈은 기억봉인술을 썼다는 걸 알게 되었을 것이다.

중국에는 오랜 무예 역사가 있고 온갖 잡기술이 발달되어 왔다고 했지만 망혼술마저 알아차릴 줄은 미처 몰랐다.

역시 세상은 넓고 의외의 일은 어느 순간 불쑥 나타난다.

비호라는 자는 일대일의 대결을 하겠다는 듯 혼자 앞으로 나서고 있었다.

강태산의 미소가 더욱 진해졌다.

비록 놈의 기세가 날카로웠으나 현천기공을 온몸에 돌린 강태산에게는 하룻강아지로밖에 보이지 않았다.

자신의 몸에는 흑혈도가 없었다.

파천도법을 사용하지 못한다는 뜻이다.

하지만 현천기공이 칠성을 넘어서자 대규모 살상이 필요하지 않은 이상 무기의 의미는 사라진 지 오래였다.

비호가 앞을 가로막으며 공중으로 뛰어오르자 강태산의 신

형이 번뜩하며 사라졌다가 반대쪽에서 나타나 비호의 등판을 후려갈겼다.

단 한 번의 일격. 그것으로 충분했다.

그토록 날카로운 기세를 내뿜던 비호가 반대편 벽으로 날아가 그대로 처박힌 것은 강태산의 주먹이 그의 등을 떠난 후였다.

발경.

내공을 주먹에 싣고 상대의 몸을 타격하면 그 위력은 상상하지 못할 정도로 커지는데 무림에서는 그것을 발경이라 부른다.

비호가 단 일격에 정신을 잃고 나가떨어졌지만 강태산이 주먹에 실은 것은 단 삼성의 힘뿐이었다.

쓰러진 비호를 강태산은 바라보지 않았다.

그의 시선은 이미 비호에게서 떠나 뒤쪽에 늘어선 자들에게 가 있었다.

비호 정도의 무공을 지닌 놈들은 예전 비천사에 있을 때 흘러넘칠 정도로 많았다.

비천사에서 조장 정도만 되어도 비호 정도의 무력을 가진 자들은 떼거지로 죽여 버릴 수 있는 능력을 가졌다.

강태산은 그런 조장들이 허리를 숙인 채 눈도 맞추지 못할 정도로 경외적인 존재였다.

온몸에서 뿜어져 나오는 살기.

쥐는 뱀 앞에 서면 움직이지 못한다.

천적에게서 뿜어져 나오는 살기가 쥐를 움직일 생각조차 못하게 묶어버리기 때문이었다.

강태산이 현천기공을 두른 채 사내들에게 다가가자 그와 똑같은 현상이 벌어졌다.

사내들 사이로 파고든 강태산은 마치 한 줄기 번개를 보는 것 같았다.

태을경공을 시전해서 움직였기 때문에 육안으로 잡아내는 것조차 어려울 정도로 강태산의 몸은 희미한 잔상만 남긴 채 사내들 사이를 움직였다.

재미를 원했다면 시간을 두고 놀았겠지만 지금은 IX—500을 찾는 것이 무엇보다 급했다.

비명도 없었고 피도 흐르지 않았다.

그러나 서른 명의 사내들은 강태산이 움직임을 멈췄을 때 한 명도 서 있지 못했다.

마치 쓰레기처럼 널린 사내들의 모습.

고요한 기세로 서 있던 노인이 앞으로 나선 것은 모든 사내가 쓰러진 걸 확인하고 난 후였다.

노인의 눈은 여전히 침착하게 가라앉아 있었지만 놀라움마저 숨기지 못하고 있었다.

"그대는 누군가?"

"말했잖아. 지옥에서 온 사신이라고. 믿기지 않는 모양이지?"

"제법 많은 세월을 살았어. 그 세월 동안 무예를 익히면서 수

많은 고수들을 보았다. 하지만 그대는 천외천으로 보이는구나."

"늙은이는 정체가 뭐지?"

"나는 홍수. 죽문의 호법을 맡고 있는 사람일세."

"그렇군."

"살아오면서 그런 무공은 본 적이 없어. 아니, 꿈에서도 생각하지 못했네. 가르쳐 주시게. 어디서 오신 분인가?"

노인의 눈은 간절함이 담겨 있었다.

두려움은 없다.

오직 무예가로서 상상하지 못한 고수를 만난 것에 대한 경외감이 그의 눈에 들어 있을 뿐이었다.

그랬기에 강태산은 혀를 내밀어 입술을 축인 후 천천히 입을 열었다.

"굳이 알고 싶다니 가르쳐 주지. 나는 하늘에서 온 사람이야."

"하늘 어디를 말하는 건가?"

"자꾸 말을 시키는군. 난 시간이 없어. 그러니 빨리 끝내!"

"알려주지 않을 생각인 게로군. 하지만 어디서 온 게 무얼 그리 중요할까. 그대를 여기서 봤다는 것이 중요한 것이지. 어차피 싸워봐야 의미가 없을 것 같으나 책임이 있으니 피할 수도 없군. 나 죽문의 홍수. 오늘 이 자리에서 하늘 위에 사는 고수를 만났으니 어찌 살기를 바라겠는가. 멋있게 보내주시게."

"좋아, 아주 괜찮은 대사야. 노인네가 세상을 오래 살더니 대화의 내용이 기품 있어. 그런 의미에서 소원을 들어주지."

강태산이 말을 마치고 기다리자 홍수가 천천히 다가오더니 들고 있던 도갑에서 칼을 꺼내 들었다.

길이는 이 척 정도였고 도신은 폭이 좁은 협도였다.

하지만, 칼은 세상에 노출되자 새파란 기운을 사방에 뿜어내며 살기를 내보였다.

좋은 칼이다.

어떤 재질로 만들어졌는지 알 수 없으나 칼은 떨어지는 머리카락도 벨 수 있을 정도로 예리하게 갈려 있었다.

칼을 본 순간 강태산의 눈이 번뜩였다.

자신의 흑혈도는 너무 커서 외국에 가지고 나가기가 어려운 단점이 있었다.

하지만 홍수의 칼은 작았고 도갑도 훌륭해서 저절로 욕심이 동했다.

도객의 꿈은 언제나 명도를 소유하는 것이다.

"좋은 칼이군. 이름이 뭐지?"

"한천."

"어디서 얻은 건가?"

"가보로 내려오는 것이라네. 자네의 눈을 보니 가지고 싶은 게로군."

"나 역시 칼을 쓰는 사람이니까."

"주인을 잃은 칼은 얻은 사람이 임자지. 나를 죽이면 이 칼은 자네 것이 될 걸세."

"아니지, 그건 아니야. 노인네 목숨을 죽여서 뭐에 쓰겠나. 당신의 목숨을 살려주는 조건으로 내가 그 칼을 갖지. 그 대가로 마음껏 휘둘러 봐. 오늘이 지나면 당신은 시골로 내려가게 될 테니 최선을 다하도록. 마지막은 언제나 죽을 때까지 추억이 가슴에 남는 법이니 충분하게 기회를 주지."

"고맙네."

홍수는 강태산의 말이 무슨 뜻인지 알아차린 듯 희미한 미소를 지었다.

그런 후 곧바로 칼을 앞으로 내밀어 진격세를 만든 채 전진을 해왔다.

푸른 칼의 춤사위.

사방을 휩쓰는 칼의 궤도가 저절로 탄성이 나올 만큼 아름답게 수놓아졌다.

찌르고 베며 휘돌리는 놀림이 부드러우면서도 강력했고 일격 일격에 치명적인 살수가 담겨 있었다.

대단하다.

현실에서 이 정도 경지의 무예를 익혔다는 건 평생을 정진했다는 뜻이다.

하지만, 강태산은 태을경공으로 홍수의 공격을 피하며 결정적인 순간마다 강한 힘으로 도신을 때렸다.

도신이 강태산의 주먹에 맞을 때마다 홍수는 휘청거리며 뒤로 물러났다가 다시 접근해 들어왔다.

칼을 휘두르는 홍수의 얼굴은 더없이 평온해 보였다.

가지고 있는 모든 기예를 마음껏 펼쳐내는 홍수는 마치 아름다운 꿈속을 헤매는 사람처럼 망아의 경지에 빠져든 것 같았다.

얼마의 시간이 지났을까.

강태산의 움직임이 변한 것은 소파에 앉아 있던 엽청이 자리에서 일어났기 때문이었다.

눈치를 보니 강태산이 싸움에 빠져 있는 동안 도망을 치려는 것 같았다.

그랬기에 강태산은 수세를 멈추고 날아오는 칼을 향해 강력한 주먹을 날렸다.

그러자, 무아지경에서 허공을 가르던 푸른 칼 한천이 강태산의 일격에 급격하게 빛을 잃어갔고 홍수의 몸이 허공을 날아 곧장 계단 아래로 처박혔다.

강태산은 소파에서 일어나던 엽청을 향해 다가갔다.

그의 얼굴에는 여전히 진한 미소가 담겨 있었다.

엽청은 지금까지 격렬하게 싸우던 홍수가 단 일격에 날아가 처박히자 움직임을 멈추고 다가오는 강태산을 바라보았다.

그는 강태산이 마치 귀신처럼 보였던지 얼굴이 시커멓게 죽어 있었다.

하지만 강태산이 자신의 앞에 서자 어깨를 치켜들고 이를 악물었다.

강인한 정신력을 가진 자란 뜻이다.

"꿇어라."

"미친… 나보고 무릎을 꿇으라고?"

"이 새끼가 아직도 보스 행세를 하려고 하는군."

강태산은 말을 끝냄과 동시에 엽청의 다리를 향해 오른발을 날렸다.

빠악!

슬개골이 부서지는 소리가 큰 홀을 적시며 곧이어 엽청의 입에서 짐승 같은 신음 소리가 흘러나왔다.

하지만 바닥에 주저앉은 그의 시선은 아직도 시퍼렇게 살아서 강태산을 노려보았다.

강태산의 웃음이 더욱 진해진 것은 아직까지 정신이 살아 있는 상대의 자존심이 가소로웠기 때문일 것이다.

"엽청, 시간이 없으니 하나만 묻겠다. IX-500은 어디로 갔지?"

"너는… 한국에서 온 놈이구나."

"그렇다. 그러니 솔직하게 말해. 솔직히 말하면 목숨만은 살려주지."

"크크크……"

강태산의 말을 들은 엽청의 입에서 기괴한 웃음이 터져 나왔다.

그의 웃음은 한참 동안 이어지다가 갑자기 그쳤는데 마치 미친 사람처럼 보일 정도였다.

"어쩐지 한국에서 너무 조용하다고 했어. 그래도 이런 일이 벌어질 거라고는 꿈에도 생각하지 못했다. 그러고 보면 세상 참 재미있어."

"아직까지 여유를 부릴 정신이 남아 있군그래. 좋아, 아주 훌륭해."

"너는 특수부대 소속이냐?"

"왜 그렇게 생각하지?"

"IS를 때려잡았다는 한국의 특수부대가 갑자기 생각나는구나. 혹시 그것도 네가 한 짓이냐?"

"역시 감이 좋네. 맞아, 내가 한 일이다."

"그게… 정말인가?"

"텔레비전에서 봤을 거야. 수없이 많은 죽음을 말이다. 오늘 너의 말에 따라 삼합회의 운명이 결정된다. 말하지 않아도 좋아. IX—500을 찾는 건 일도 아니니까. 분명 그건 D&S에 들어가 있을 테니 거기 회장 놈을 조지면 돼. 대신 네가 제대로 말하지 않는다면 삼합회는 전부 몰살시키겠다. 내 말이 믿기지 않나. 어때, 시험해 볼 테냐?"

"으……."

그동안 시퍼런 눈으로 강태산을 바라보던 엽청의 눈이 급격하게 빛을 잃어갔다.

D&S의 존재까지 알고 있다면 강태산의 말처럼 회장을 조져서 IX—500의 위치를 충분히 알아낼 수 있다.

그리고 삼합회도 위험했다.

악마.

그렇다, 눈앞에 잔인한 미소를 짓고 있는 자는 지옥의 악마와 같은 놈이었다.

협박으로 느껴지지 않는 것은 집 안에 들어와 벌인 놈의 무시무시한 능력 탓이다.

홍콩 지부의 전력을 거의 다 집중시켰지만 강태산은 불과 10분 만에 모든 것을 박살 내버렸다.

물론 총을 사용하지 않았으나 총을 사용했어도 마찬가지 결과가 나타날 것이란 생각이 들었다.

그만큼 상대는 무서운 자였다.

IX—500을 탈취해서 벌어들인 돈은 아무것도 아니었다.

눈앞에 있는 자와 적이 되는 것은 죽문을 절체절명의 위기에 빠뜨릴 것이란 판단이 들었다.

그랬기에 엽청은 고민조차 하지 않고 지금까지 벌인 일들에 대해서 천천히 입을 열었다.

모든 내용을 들은 강태산은 얼굴에서 미소를 지웠다.

알 건 다 알았고 볼일도 다 봤으니 남아 있을 이유가 없었기 때문이었다.

강태산이 불쑥 다가가 엽청의 왼팔을 향해 주먹을 날린 것은 모든 이야기를 끝낸 엽청이 한숨을 내리쉴 때였다.

"악… 으… 악!"

엽청의 왼팔은 단순한 탈골이 아니라 완전히 부서진 듯 건들 거렸고 그에 맞춰 입에서는 고통에 찬 신음이 끝없이 흘러나왔 다.

"사실대로 말했기 때문에 이 정도에서 끝내주겠다. 남의 나 라 기술을 훔쳐 온 대가로 네 다리와 팔을 바꾼 거니까 억울해 하지 마라. 그리고… 한 가지 명심할 게 있다. 오늘 있었던 일은 절대 발설하지 말도록. 남은 놈들의 기억은 지우겠지만 네 기억 은 살려놓지. 알아서 깔끔하게 정리하도록 해. 만약에 중국 정 부에 오늘 있었던 일들에 대해서 나불거렸다가는 다시 돌아와 죽문을 피바다로 만들 테니 처신 잘하도록!"

*   *   *

청와대 집무실.

박무현 대통령이 정무수석 이현종을 부른 것은 아침 10시 무 렵이었다.

정무수석 이현종은 박무현 대통령이 야인으로 지낼 때부터 생사고락을 같이한 사람이었기 때문에 언론은 그를 보고 대통 령의 가신이라 칭했다.

실세 중의 실세.

내각을 조각하는 데부터 주요 수장과 공기업 사장단의 인사까지 관여했으니 그가 실세라는 말은 절대 틀린 것이 아니었다.

정무수석 비서관은 대국회에 대한 보좌, 정당에 관련한 업무 보고 및 행정, 치안 등 국정 운영에 있어서 핵심적인 사항을 대통령 옆에서 보좌하고 보필하는 게 주 업무였다.

따라서, 박무현 대통령의 최측근인 이현종이 정무수석을 맡았을 때 언론과 전문가는 최적의 인사라고 평가했다.

이현종이 들어오자 박무현 대통령의 얼굴에서 푸근한 웃음이 피어올랐다.

"이 수석, 어서 와."

"예, 대통령님."

"앉아. 우리 오랜만에 편하게 커피 한잔할까?"

"얼굴색이 밝으십니다. 좋은 일이 있는 겁니까?"

"아니, 사람은 나쁜 일이 있어도 가끔은 이렇게 웃곤 하잖아."

"아… 예……."

대통령의 표정을 보고 지레짐작했던 이현종의 말끝이 흔들렸다.

박무현 대통령을 거의 30년 가까이 모셔왔지만 이런 농담은 한 번도 한 적이 없었다.

그렇다면 나쁜 일이 생겼다는 건데 그것이 뭔지 전혀 짐작이 가지 않았다.

박무현 대통령의 입이 다시 열린 것은 비서가 커피를 놓고 나갔을 때였다.

"우리가 만난 지 벌써 30년이 넘는구만. 참 오랜 세월이었어."

"예, 추억이 산처럼 많았지요."

"그래, 맞아. 정말 많은 일들이 있었지. 난 자네가 있어서 많은 것들을 견뎌낼 수 있었어. 고마워, 이 수석."

"과분한 말씀이십니다."

"오늘 자네를 부른 건 물어볼 게 있어서야."

"말씀하십시오."

"검찰총장과 친한 사이인가?"

"왜 그런 질문을 하시는지……?"

"이 수석이 그 사람을 적극적으로 추천했기 때문에 물어본 거야."

"워낙 강직하기로 소문난 사람입니다. 주변의 평판도 훌륭했고요. 제 추천보다는 그 사람이 가진 능력이 뛰어났기 때문에 대통령님께서 임명하신 것 아니겠습니까?"

"맞아, 내가 임명했지. 자네 말대로 훌륭한 능력을 가졌다고 판단했으니까. 하지만, 그놈은 매국노다."

"그게… 무슨 말씀이신지……?"

"현종아!"

"……."

박무현 대통령이 호칭을 바꿔서 부르자 정무수석 이현종은 검찰총장이란 말이 나오면서 흐려졌던 얼굴이 시커멓게 죽어갔다.

대통령이 호칭을 바꿨다는 것은 불안이 현실화되고 있다는 것을 알려주는 것이었다.

"너에게 미안하지만 사람들을 시켜서 네 주변 사람의 계좌를 조사했다. 최근 5년 동안 무려 50억이 들어왔더군. 검찰총장 그 자도 마찬가지였어. 세탁을 했지만 철저하게 조사해 보니 중국에서 들어온 돈이었다. 아마, 네가 가진 돈도 그랬을 테지."

"…형님……!"

"너와의 친분을 생각해서 매국노란 사실만은 숨겨주고 싶다. 그러니 죗값을 받아. 그 돈은 인사 청탁을 받은 것으로 해주마. 여기서 나가면 사람들이 와 있을 테니 따라가서 중국과 연관된 자들에 대해 사실대로 말해."

"형님, 살려주십시오. 중국 측에서 돈을 받은 건 맞지만 저는 잘못한 것이 별로 없습니다."

"이놈아, 조국을 위해 목숨을 걸고 일해야 되는 놈이 중국 놈들의 말을 들으며 개처럼 행동했어. 그런데도 잘못이 없단 말이냐!"

"형님, 죄송합니다. 한 번만 용서해 주십시오!"

"우리가 언제부터 돈 때문에 명예를 버렸단 말이냐. 그 옛날 사무실에서 머리를 맞대고 라면을 끓여 먹었을 때도 우린 행복했다. 대한민국을 위해 큰일을 해보자던 그 신념 하나로 그 오랜 시간을 버텨왔는데 이게 무슨 꼴이냐, 이 어리석은 놈아……."

박무현 대통령이 끝내 말을 맺지 못하고 주르륵 눈물을 흘렸다.

이현종의 애달픈 눈망울은 어릴 적 자신을 따라다니며 활짝 웃던 그때와 변한 게 없었다.

수없이 많은 세월. 그와 쌓아왔던 우정.

그 모든 것을 뒤로하고 이현종을 보내야 하는 박무현 대통령의 가슴은 찢어질 듯한 고통으로 새까맣게 타버리고 있었다.

*   *   *

신한일보의 김덕용은 청와대에서 은밀하게 흘러나온 정보를 입수하고 부리나케 사무실로 들어와 부장을 찾았다.

국내 3 대 신문 중의 하나로 꼽히는 신한일보는 150만 부의 판매 부수를 자랑하는 거대 언론이었고 김덕용은 경력 13년의 베테랑 정치부 기자였다.

그의 주 임무 중 하나는 청와대의 동향을 살피고 뉴스화하는 것이었으니 이번 정보는 특종 중의 특종이었다.

청와대 의전비서관 중 하나인 이한철은 그의 고등학교 동창이었기 때문에 가끔가다 정보를 얻어내곤 했지만 이 정도로 큰 특종은 처음이었다.

김덕용이 빠른 걸음으로 문을 열고 들어서자 부장인 정국영이 커피를 마시다가 눈을 치켜떴다.

김덕용이 문을 소리 나게 닫았기 때문이었다.

"문 부서져 인마!"

"부장님, 레드 원입니다."

"어디서?"

"청와댑니다."

김덕용의 대답을 들은 정국영이 우그러뜨렸던 인상을 펴고 급하게 손짓을 했다.

소파에 앉아서 이야기하자는 손짓이었다.

레드 원은 신한일보에서 특종을 알리는 암어였다.

특종 중에서도 가장 비중이 큰 특종이 바로 레드 원이었기 때문에 정국영은 김덕용을 자리에 앉힌 대신 자신은 벌떡 일어나 방문을 잠갔다.

"뭐냐?"

"정무수석이 날아갈 것 같습니다."

"그 사람이 왜?"

"인사 청탁을 받았는데 액수가 상당한 모양입니다."

"야, 너 뭐 잘못 안 거 아냐? 이현종은 대통령의 왼팔 정도 되는 사람이다. 그까짓 인사 청탁 때문에 자른다는 게 말이나 돼?"

"자꾸 시비 거시면 저 말 안 합니다. 제가 이 정보를 얻어내기 위해 노력한 게 얼만데 이러시는 겁니까. 정보를 얻기 위해

술 사주는 데 들어간 돈만 해도 매달 이백이 넘게 깨졌어요. 접대비는 쥐꼬리만큼 주시면서 가져온 정보를 이렇게 무시할 겁니까."

"그냥 해본 소리다. 하도 큰 건이라서. 김 기자, 이번 건이 정말이라면 앞으로 네가 쓰는 경비는 보지도 않고 결재해 주마."

"정말이죠?"

"그래, 인마."

김덕용이 목적을 이룬 듯 활짝 웃자 정국영의 얼굴에서 쓴웃음이 떠올랐다.

하지만 그게 그거다.

말로만 한 약속은 일정한 시간이 지나면 다시 원래대로 돌아오는 법이니 그가 손해 볼 것은 없었다.

그건 베테랑인 김덕용도 잘 아는 사실이었다.

그럼에도 활짝 웃은 것은 부장이 자신이 물어 온 정보에 커다란 흥미를 가졌다는 걸 확인했기 때문이었다.

"정무수석이 잘린 이유가 검찰총장 때문이랍니다."

"검찰총장은 또 왜?"

"그자가 주었다는군요."

"총장이 인사 청탁을 했다고!"

"그렇다네요."

"출처는?"

"당연히 청와대죠. 누군가 제보를 해왔답니다."

"환장하겠네."

"꽤 크죠?"

"레드 원으로는 충분할 것 같다."

"하지만, 큰 건이 한 개 더 있습니다."

"더 있다고?"

"경비는 올려주신다고 했으니 감사히 쓰겠습니다. 하지만 이번 레드 원은 워낙 크니까 보너스도 주시죠."

"이놈이!"

"주실 겁니까?"

"얼마나 줄지는 들어보고 판단하자."

"좋습니다. 검찰 라인이 한꺼번에 무너질 것 같습니다."

"그건 또 무슨 소리야?"

"명일그룹 커넥션에 검찰총장을 비롯해서 다수의 간부들이 연루되어 있다는 첩보입니다."

명일그룹은 지금 한창 세무조사를 받고 있는 중이었다.

불법 탈세와 분식 회계를 했다는 정황이 포착되었기 때문에 이미 경제 쪽에서는 언론이 한창 떠들고 있었다.

그랬기에 정국영의 몸이 바짝 다가왔다.

그의 눈은 번쩍번쩍 빛나고 있었는데 정무수석의 경질보다 이 건이 훨씬 더 컸기 때문이었다.

"신빙성은?"

"더 조사를 해봐야겠지만 거의 확실한 것 같습니다. 이건도

청와대에서 흘러나온 겁니다. 친구 놈은 큰 건을 줬으니 거나하게 술을 사라고까지 했단 말입니다."

"음……."

청와대 의전비서관이 김덕용의 친구란 사실을 알고 있었기에 정국영의 입에서 무거운 신음 소리가 흘러나왔다.

지금까지 김덕용이 물어 온 정보는 대부분 정확해서 한 번도 오보를 낸 적이 없었다.

하지만 이번 건은 너무 커서 쉽게 입이 열리지 않았다.

상대가 검찰이라면 충분히 신중을 기할 필요성이 있었다.

"어쩌실랍니까?"

"혹시, 다른 쪽으로도 흘러나갔을까?"

"저한테만 준다고 했습니다. 하지만, 기껏 하루 정도밖에 시간이 없을 겁니다. 아시잖아요, 이런 일은 일분일초가 급하다는 거."

"좋다, 그래도 첩보만 가지고는 안 돼. 자칫하면 우리가 다쳐!"

"그래도 해야 합니다. 확신이 아니라 가능성으로 일단 내보내시죠. 정무수석 건은 확실하고 인사 청탁도 사실입니다. 그것과 슬쩍 엮어서 내보내면 된단 말입니다."

"씨발, 좋다. 대신 나도 모가지가 잘리고 싶지 않으니까 사장님하고 상의 좀 해봐야겠다."

"보너스는요?"

"인마, 목이나 닦고 있어. 죽을지도 모르는 놈이 보너스 타령은."

"죽을 때 죽더라도 보너스는 주세요. 애들 오랜만에 외식이나 시켜주게."

"살아남으면 한 달 내내 외식할 만큼 집어준다. 그러니까 이제 나가봐. 난 사장님한테 가봐야겠다."

그날 저녁.

대한민국이 발칵 뒤집히는 기사가 신한일보를 통해 전국으로 퍼져 나갔다.

특종 중의 특종.

대통령의 최측근인 정무수석 이현종이 검찰에서 조사를 받고 있다는 내용과 검찰총장과 검찰의 주요 간부들이 연루되어 있다는 뉴스였다.

특종은 신한일보에서 터뜨렸지만 그 뉴스는 금방 전 언론에서 달려들어 확대되고 재생산되었기 때문에 대한민국을 단숨에 거대한 충격 속으로 빠뜨려 버렸다.

국민들은 분노했고 언론은 연신 철저한 조사를 요구하며 관련자들의 처벌을 강조했다.

*　　　　*　　　　*

중국 국안부의 한국 담당 국장 이자황이 상해로 급히 날아간 것은 부장인 정청의 호출로 인해서였다.

국안부의 수장 정청은 현재 중국을 이끌고 있는 주민상의 신임을 한 몸에 받고 있는 자로서 벌써 3년째 국안부를 이끌고 있었다.

잔뜩 긴장한 얼굴로 이자황이 집무실로 들어섰을 때 정청은 심각한 표정으로 전화를 하고 있는 중이었다.

이자황의 지위가 낮은 것은 아니었으나 그는 집무실로 들어선 후 부동자세를 취한 채 움직이지 못하고 정청의 전화가 끝나기를 기다렸다.

정청의 표정은 더없이 굳어져 있었는데 연신 전화기에 대고 소리를 질렀기 때문에 사무실이 떠나갈 정도였다.

콰앙.

전화기를 집어 던지는 정청의 모습에서 그가 얼마나 화가 났는지 충분히 알 수 있었다.

"앉아!"

"예, 부장님."

"어떻게 된 거야?"

"표면적으로 나타난 이유는 인사 청탁과 명일그룹 커넥션입니다. 하지만, 미심쩍은 부분이 너무 많습니다."

"내가 그런 말이나 듣자고 자넬 부른 것 같나?"

날카로운 눈초리.

정청의 시선이 마치 화살처럼 날아온 이자황의 온몸에 꽂혔다.

그는 이미 모든 사실을 알고 있는 것 같았다.

그러나 이자황은 묵묵히 자신의 생각을 이어나갔다.

여기서 변명이나 했다가는 목이 달아날지도 몰랐다.

"모든 요원들을 가동하고 있지만 놈들은 천안문 작전에 관해서는 아무런 움직임이 없었습니다."

"죽문은?"

"죽문 쪽도 조용합니다. 그놈들과 연락을 끊었지만 계속해서 주시하고 있는 중이니까 한국 놈들이 움직였다면 바로 노출이 되었을 겁니다."

"그렇다면 도대체 뭐야. 어떻게 구축한 라인인데 한꺼번에 무너진단 말이냐!"

"그게 저도 이해가 가지 않습니다. 다른 곳은 멀쩡한데 검찰 쪽만 박살이 났기 때문입니다."

"붙잡힌 놈들은 어디까지 알고 있지?"

"다른 쪽은 전혀 모릅니다. 점조직으로 운영했기 때문에 더 이상 나오지는 않을 겁니다."

이자황은 대답을 하면서 정청의 눈치를 계속 살폈다.

치명적인 실수.

솔직히 자신의 실수를 말한다면 아마 처형을 당할지도 몰랐다.

정청이 국안부를 이끌고 있지만 한국 내의 세부적인 작전은 자신이 담당했기 때문에 지금 벌어진 일이 죽문의 조직원을 석방하면서 발생한 것 같다는 말은 보고할 수 없었다.

다행히 정청DL 길게 한숨을 내리쉬며 입술 끝을 말아 올리는 것이 보였다.

"당분간 만리장성 멤버들은 움직임을 멈추도록 해. 그리고 한국의 동향을 면밀하게 살피도록. 그놈들이 얼마나 알고 있는지가 무엇보다 중요하다."

"알겠습니다."

"그리고 시간이 지나서 잠잠해지면 검찰 라인을 다시 구축해."

"철저하게 준비하겠습니다."

"IX—500은?"

"지금 분석 중입니다. 일주일이면 완전히 파훼할 수 있다고 합니다."

"하나를 받고 하나를 줬군. 하지만 남는 장사를 했으니까 이번은 용서를 하겠다. 이자황, 기회를 한 번 더 주지. 그러나 한번만 더 나를 속인다면 그 즉시 네 목을 칠 것이다."

＊　　　　＊　　　　＊

엽청이 IX—500을 넘긴 것은 D&S의 신기술개발본부장 장위였다.

장위는 반도체의 전문가로서 D&S가 세계적인 전자 회사로 성장하는 데 결정적인 역할을 한 자로 알려져 있었다.

강태산의 목적지는 상해였다.

장위는 상해 외곽에 설치되어 있는 D&S 기술연구소에 근무하고 있다는 엽청의 진술을 그대로 믿었던 것이다.

거짓이란 생각은 눈곱만치도 하지 않았다.

무림에서 살 때 수많은 자들의 진술을 받아내면서 거짓을 말하는 놈들의 특성을 귀신처럼 알아내는 방법을 배웠다.

거짓을 말하는 자들의 눈은 아무리 평정을 유지하려 애써도 흔들리지만 엽청의 눈은 그렇지 않았다.

강태산은 만약을 대비해서 청룡 요원들 중 넷을 귀국시키고 IT와 컴퓨터, 전자 쪽에 전문적인 지식을 지닌 차지연과 설민호만 대동했다.

그럴 리는 없겠지만 중국 정부에서 움직인다면 요원들의 안전에 문제가 생길 소지도 있었기 때문이었다.

이제 시간이 별로 없었기에 강태산은 상해에 도착하자마자 곧장 장위의 집을 찾았다.

글로벌 기업의 임원답게 장위의 집은 황포강가에 위치한 최고급 아파트였다.

한 채에 50억이 넘는다는 그의 아파트는 발코니에서 상해의 최대 명소인 황포강의 야경을 한눈에 내려다볼 수 있었다.

설민호에게 아파트의 잠금장치를 여는 건 일도 아니다.

그는 각종 전자 제품에 대해 빠삭했기 때문에 단 오 분 만에 아파트의 현관문을 가볍게 열었다.

아파트로 들어선 것은 강태산 혼자였다.

나머지 둘은 정문과 엘리베이터, 현관에 설치되어 있는 CCTV를 차단하고 곧장 관리실로 향하는 중이었다.

문을 열고 들어서자 거실에서 텔레비전을 보고 있는 여자들이 보였다.

여자들은 강태산이 들어서자 놀란 눈을 하면서 바라봤는데 비명을 지르지는 않았다.

아마, 강태산의 태도가 너무나 여유로웠기 때문일 것이다.

한눈에 알 수 있었다.

장위의 아내와 딸들이다.

강태산을 바라보며 먼저 입을 연 것은 나이가 지긋한 장위의 부인이었다.

"누구세요?"

"장위를 만나러 왔어."

"지금 안 계세요. 오늘 약속이 있어서 늦으실 거예요."

"그렇군."

"그런데 어떻게 들어오셨어요?"

"문으로 들어오는 거 봤잖아."

"이봐요!"

"소리 지르지 마. 먼저 한 명 죽이고 시작할 수도 있으니까."

전혀 표정과 어울리지 않는 말이다.

그런데도 장난으로 보이지 않는 것은 무섭도록 가라앉은 강태산의 눈 때문이다.

강태산은 홍수에게서 얻은 한천을 빼 들며 터벅터벅 거실로 들어갔다.

그런 후 소파에 앉아 있던 여자들 중 한 명의 목에 칼을 겨누었다.

무슨 일인가 지켜보던 여자들의 입에서 비명 소리가 흘러나온 건 한천의 시퍼런 칼날이 목에 닿으며 피가 흘렀기 때문이었다.

이 여자들은 아무런 죄가 없다.

그럼에도 칼을 빼 든 것은 시간을 절약하기 위함이다.

인간성?

그런 사치스러운 감정을 갖기에는 지금의 상황이 너무 급했다.

IX—500.

대한민국의 미래가 걸려 있다는 신기술이 넘어간다면 향후 30년 동안 중국의 눈치를 보면서 살아야 한다는 오성전자 본부장의 말이 생생하게 떠올랐다.

그랬기에 강태산은 여자의 목에 칼을 겨눈 채 무거운 목소리로 말을 이어나갔다.

"지금 전화해. 바로 들어오라고. 시간이 지체될 때마다 당신의 딸들 얼굴에 이 칼로 그림을 그려주지."

"제발… 알았어요. 그러니까… 제발!"

장위의 부인은 큰딸의 목에서 피가 흘러 티가 붉게 젖어가는 걸 보면서 하얗게 질린 얼굴로 애원을 했다.

그러나 강태산은 여전히 큰딸의 목에 칼을 댄 채 꼼짝하지 않고 그녀를 바라볼 뿐이었다.

"내가 지금 장난하는 것으로 보인다면 전화를 하지 않아도 돼."

"할게요. 지금 할게요."

"쓸데없는 소리를 해서 장위가 시끄럽게 만든다면 나는 당신들을 모두 죽이고 사라질 거야. 그러니까 조용하게 들어오도록 만들어."

"뭐라고 해야죠?"

"큰딸이 혼수상태라고 전해. 저녁을 먹고 갑자기 쓰러졌다고 말하면 되지 않겠나."

"알았어요."

여자는 강태산이 알려준 것처럼 급한 목소리로 남편을 찾았다.

그녀는 생각한 것보다 훨씬 침착하게 장위를 불렀다.

문이 열리며 장위가 허겁지겁 들어온 것은 그로부터 채 30분도 넘지 않았을 때였다.

"여보, 도대체 어떻게 된 거야?"

장위는 현관문을 열고 들어오면서 소리부터 질렀다.

그는 큰딸의 안위가 걱정되었던지 급하게 뛰어 들어왔는데 숨을 헐떡이고 있었다.

50 중반의 나이. 금테 안경을 쓴 얼굴은 엘리트의 전형을 보는 것 같다.

나이답지 않게 균형 잡힌 몸매는 그가 평상시에 얼마나 몸 관리를 철저하게 하는지 알려주는 것이었다.

잘생긴 얼굴.

딸들의 미모가 뛰어난 것은 부모에게 물려받은 유전자가 있었기 때문인 것 같았다.

장위는 급하게 현관에 들어온 후 겁에 질려 있는 가족들을 확인하고 뒤늦게 칼을 들고 있는 강태산에게 시선을 돌렸다.

"당신 누구요?"

"긴말하지 않겠다. 지금 오성전자의 IX—500은 어디에 있나?"

"무슨 소린지 모르겠소. 나는 IX—500이 뭔 줄 모르오."

"그래?"

장위의 말을 들은 강태산이 한천을 들어 이번에는 둘째 딸의 팔을 갈랐다.

"악!"

왼쪽 어깨에서 뿜어져 나오는 피를 보면서 둘째 딸이 비명을 지르자 장위의 부인이 미친 듯 달려들었으나 강태산은 냉정하게 그녀를 밀어냈다.

"장위, 네 가족들을 모두 죽이고 싶나?"

"으……."

"그러고 싶다면 그렇게 해주지."

한천이 다시 들렸다.

그런 후 곧장 둘째 딸의 오른팔을 가로질렀다.

또다시 터지는 비명과 피.

장위의 몸이 사시나무 떨리듯 떨린 것은 강태산이 행동을 멈추지 않고 큰딸의 가슴을 한천으로 그었을 때였다.

"그만, 그만해. 이 악마 같은 놈아!"

"아직 멀었어. 너는 남의 나라가 애써 개발한 신기술을 훔친 도둑놈이다. 그런 주제에 내가 원망스러운가?"

"나는 모른다고 했잖아!"

"너는 아직도 욕심을 버리지 않았구나. 하긴, 많은 것을 가진 놈들은 더 큰 것을 원하는 법이지. 나도… 너도 시간이 아까운 건 마찬가지야. 네 행동을 보니까 IX—500을 거의 다 푼 모양이군. 장위, 내 말이 맞지?"

"나는… 정말 모른다."

"이 새끼야. 한 번만 더 그 소리를 하면 네 마누라의 왼팔을 자르겠다. 그리고, IX—500에 대해서 모른다는 말을 하는 순간 네 두 딸의 다리를 자르마. 다시 한 번 묻겠다. IX—500은 어디 있나?"

상해 동쪽 5㎞ 지점에 위치한 D&S 기술연구소는 중국이 전략적으로 마련한 중화산전에 포함되어 있었다.

'중화산전'.

중국이 IT 분야와 전자, 전기 등 핵심 기술을 보유한 회사들에게 무상으로 토지를 제공해서 마음껏 연구를 할 수 있도록 구축한 중국의 실리콘 벨리였다.

D&S 기술연구소는 그중에서도 가장 중심에 자리 잡고 있었는데 이만 평 규모에 30층 건물로 지어져 있었다.

장위의 가족을 잡고 있는 것은 설민호였고 차지연은 강태산과 함께 승용차에 올랐다.

일본으로 가는 비행기 시간은 앞으로 2시간 후였기 때문에 그사이에 모든 일을 마치고 공항으로 가야 한다.

늦은 밤이었으나 기술연구소에 들어가는 것은 어려운 일이 아니었다.

D&S 기술연구소를 책임지고 있는 장위를 확인하자 수위들은 부동자세로 문을 열어주었다.

철저한 보안 시스템.

최첨단으로 구성된 보안 시스템은 장위의 지문과 눈을 통해서만 출입이 허가될 정도로 정교하게 구축되어 있었다.

장위가 13층에 있는 반도체 연구소로 들어서자 한쪽에 들러

붙어 일을 하고 있던 직원들이 놀란 눈으로 분분히 인사를 해왔다.

장위는 이곳에서 무소불위의 권력을 행사하는 모양이었다.

연구원으로 보이는 자들의 눈은 시뻘겋게 충혈되어 있었는데 그들의 주변에는 각종 회로가 놓여 있었으며 수많은 컴퓨터가 켜진 채 윙윙거리며 돌아가는 중이었다.

열두 명의 연구원들을 제압하는 건 일도 아니었다.

그들 사이를 돌아다니며 차례차례 머리를 가격해서 기절을 시켜 버린 건 차지연이었다.

"어디 있나?"

"이쪽이오."

연구원들이 쓰러지는 것을 지켜보던 장위의 얼굴은 체념으로 물들어 있었다.

그가 중앙에 있는 메인 컴퓨터로 안내하자 차지연이 다가가 프로그램을 검색했다.

IT와 전자 분야에 전문적인 지식을 가진 그녀는 웬만한 전자 회사의 연구원보다 훨씬 낫다는 평가를 받을 정도다.

차지연이 강태산에게 컴퓨터에서 하드디스크를 빼낸 후 고개를 끄덕였다.

"대장님, 이게 IX-500입니다."

"얼마나 푼 것 같나?"

"정확하게 알 수는 없으나 대부분 풀린 것 같아요. 제가 확인해 보니까 마지막 프로그램을 해체하고 있었어요."

"다행이구나."

"회수를 했으니 이제 가야 해요. 시간이 별로 없어요."

"그래야지, 하지만 여기서 잠시 기다리고 있어. 나는 해야 할 일이 있다."

"해야 할 일이라뇨?"

"받은 게 있으면 돌려주는 것이 세상 사는 법이다. 그것도 훨씬 많이 돌려줘야 고맙다는 소리를 듣지."

강태산이 그녀를 바라보며 씨익 웃었다.

그런 후 손에 들고 있던 묵직한 가방에서 뭔가를 꺼내더니 연구실의 곳곳에 설치한 후 문을 나섰다.

차지연과 함께 택시를 잡아타고 공항으로 향하는 강태산은 눈을 감고 있었다.

공항까지의 거리를 감안해서 일을 끝냈지만 수속 과정을 거친다면 빠듯했다.

택시 기사는 팁을 주겠다는 말을 하자 미친 듯이 액셀러레이터를 밟았다.

중국인들은 성격이 만만디라고 했는데 돈은 귀신도 부린다더니 택시 기사는 마치 비행기처럼 택시를 몰았다.

공항에 도착하자 설민호가 초조하게 기다리고 있는 것이 보였다.

그는 강태산과 차지연이 도착하자 빠르게 출국 수속을 밟는 곳으로 안내했는데 밤이 깊어선지 사람이 없어 금방 끝낼 수 있었다.

11시 35분.

비행기 시간은 정확히 12시였으니 조금만 늦었다면 출국이 어려웠을 것이다.

출국 게이트를 통과해서 비행기를 타기 위해 빠르게 걸어갈 때 사람들이 웅성거리며 텔레비전 화면에 모여 있는 것이 보였다.

사람들의 시선은 놀람으로 가득 차 있었는데 화면에서 보여 주고 있는 화면이 그만큼 충격적이었기 때문이었다.

처참하게 부서진 잔해.

중국의 실리콘 벨리라 불리는 중화산전 중에서도 심장부에 서 있던 D&S 기술연구소가 처참하게 파괴된 상태로 불이 붙은 채 타오르고 있었다.

설민호가 황당한 눈으로 강태산을 바라본 것은 한참 동안 텔레비전 화면을 지켜본 후였다.

텔레비전에서는 중국의 아나운서가 마치 울부짖는 목소리로 현장 상황을 중계하고 있는 중이었다.

"대장님이 한 겁니까?"

"그렇다."

"사람들은……."

"죽은 사람은 없을 것이다. 장위를 포함해서 일하던 연구원들은 전부 피신시켰어."

"다행이군요."

"다행은 무슨. 싸그리 다 죽이려다가 봐준 거야."

"그런데 왜 파괴한 겁니까?"

"저놈들이 노린 건 오성전자가 아니라 대한민국이다. 지금까지 대한민국은 중국이 패면 패는 대로 맞기만 했다. 민호, 너는 그것이 억울하지 않았나?"

"그거야, 당연히……."

"D&S 기술연구소를 부순 것은 그런 이유 때문이다. 놈들이 신기술을 훔치려 했으니 빚을 갚는 게 맞는 거 아니냐. 아마 놈들이 개발하고 있던 신기술 대부분이 날아갔을 거다."

"국장님이 가만있지 않을 겁니다. 중국도 마찬가지고요. 그놈들은 분명 우리 짓이라고 생각할 겁니다."

"걱정하지 마라. 난 국장님도 중국도 전혀 무섭지 않다."

"크크크… 대단하십니다."

"일단 가자, 여기 있어봤자 좋은 일 없을 테니 일단 비행기 타고 튀는 게 좋지 않겠어?"

제2장

그들의 선택

일본에서 하룻밤을 지내고 아침 비행기로 인천국제공항에 도착하자 전화기가 불똥이 났다.

최 국장에게서 날아온 전화였다.

중국에서 지급으로 전해진 D&S 기술연구소 파괴 소식을 아침이 되어서야 안 모양이었다.

휴대폰으로 전화를 하자 최 국장은 흥분된 목소리로 곧장 들어오라고 닦달했기 때문에 강태산은 차지연과 설민호를 향해 어깨를 으쓱할 수밖에 없었다.

작전을 끝낸 기념으로 서울에서 점심을 먹고 헤어지려던 계획이 물거품이 돼버렸기 때문이었다.

"밥은 니들 집에 가서 먹어야겠다."

"그래야겠네요."

"연락할 때까지 재밌게 놀고 있어. 나는 죽사발 나게 깨질 테니까."

"부디 살아 돌아오시기를 바랍니다."

설민호가 빙긋 웃으며 손을 흔들었다.

하지만 차지연은 그냥 보내주지 못하겠다는 듯 돌아서서 뛰어와 걸어가는 강태산의 어깨를 붙잡았다.

"하나만 물읍시다."

"뭔데?"

"작전 끝나면 전화 안 받는 이유가 뭐예요?"

"통신 보안 몰라? 그리고 작전도 없는데 전화를 왜 해?"

"신비주의는 그만해요. 가끔가다 만나서 데이트 좀 하자니까요. 도대체 어디서 사는지 알아야 찾아가지!"

"야, 넌 지금 이 상황에서 그런 소리가 나오냐. 나 지금 들어가면 죽을지도 모른다고."

"뻥치지 말고요!"

"너 정도 얼굴이면 남자들이 줄줄 따를 텐데 왜 나만 가지고 그러는 거냐. 나 힘들어 죽겠다."

"대장님이 좋으니까 그렇죠. 여자의 순정을 자꾸 이렇게 짓밟을 겁니까?"

"저기 민호가 보고 있잖아. 그만하고 가봐."

"말 돌리지 말고!"

"민호 온다. 무슨 일 있는 줄 알고 오잖아. 빨리 가!"

"알았으니까 전화 꼭 받아요. 알았죠. 이번에도 안 받으면 그냥 안 둘 거예요!"

강태산이 설민호를 바라보며 말을 하자 차지연이 눈을 흘기며 돌아섰다.

정말로 설민호가 슬금슬금 다가왔기 때문이었다.

한두 번 있는 일이 아니다.

그녀는 작전이 끝나고 헤어질 때마다 연례행사처럼 이렇게 떼를 썼다.

그리고 실제로 수없이 전화를 해왔다.

하지만 강태산은 그녀의 전화를 지금까지 받은 적이 없다.

사무실로 들어섰을 때는 점심시간이 훌쩍 지난 후였다.

강태산이 들어서자 최 국장은 벌떡 일어나며 소리부터 질렀는데 고민을 많이 했는지 얼굴이 홀쭉해져 있었다.

"야, 강태산. 이 미친놈아!"

"왜요?"

"너 때문에 내가 살이 쭉쭉 빠진다. IX-500 찾아오라고 그랬지 누가 D&S 기술연구소를 작살내라고 그랬어? 지금 중국이 난리야."

"간 김에 손을 본 것뿐입니다. 이 새끼들이 우리를 너무 물로 보는 것 같아서요."

"이놈아, 이 마당에 농담이 나와!?"

강태산의 태연한 표정에 최 국장의 얼굴이 시뻘겋게 달아올랐다.

그가 걱정하고 있는 것은 중국의 반응이었다.

만약 D&S 기술연구소를 파괴한 것이 대한민국의 짓이라는 게 노출될 경우 중국은 전쟁도 불사할지 몰랐다.

그랬기에 그는 뜨거운 콧김을 연신 뿜어내며 강태산을 노려보았다.

"도대체 네가 정신이 있는 놈이냐. 나라를 구하라고 했지 누가 위기에 처박으라고 했어!"

"중국 놈들은 우릴 마음껏 건드려도 되고 우린 그러면 안 된단 말입니까."

"태산아, 나는 정말 이해가 안 된다. 너같이 냉철한 사람이 왜 그런 짓을 했는지 모르겠다."

"중국 측이 길길이 날뛰는 모양이군요."

"전 공항에 비상경계령을 내려놨더라. 너희들을 찾느라고 눈이 벌게진 상태야. IX—500은?"

"찾아왔습니다. 보시죠."

강태산이 가방을 열어 하드디스크를 꺼내자 최 국장의 시선이 슬그머니 가라앉았다.

그럼에도 그는 여전히 걱정의 표정을 지우지 못했다.

"네 얼굴을 본 사람은 없어?"

"우리 요원들은 노출되지 않았습니다. 쥐도 새도 모르게 행동했으니 아무도 모를 겁니다."

"거짓말하지 마. 죽문에 기술연구소까지 박살 내놓고 뭘 쥐도 새도 모르게 행동해!"

"아직도 저를 못 믿는 모양입니다. 이거 서운한데요."

"그러니까 왜 그걸 부숴. 그냥 물건만 찾아오면 되는데 왜 일을 크게 만드냐고!"

"열 받아서요."

"말이나 못해야지… 정말 쥐도 새도 모르게 한 거 맞아?"

"믿으세요."

"알았다. 그럼 그렇게 보고할 테니 나중에 문제 생기면 네가 책임져!"

"그러죠, 뭐. 그런데 저만 책임지고 끝나지는 않을 것 같네요. 저야 월급이 몇 푼 안 되지만 국장님도 같이 짤리면 큰일인데요. 애들 한창 돈 잡아먹을 땐데."

"그놈의 주둥이!"

워낙 민감한 사안이기에 최 국장이 다른 때와 달리 몇 번씩 확인하는 게 이해가 되었다.

중국은 분명 대한민국을 의심하게 될 것이다.

그럼에도 증거가 없는 한 대놓고 뭐라 할 수가 없다.

장위와 그의 가족들은 물론이고 연구원들, 심지어 택시 기사까지 기억을 지워 버렸으니 실제로 그를 기억하는 사람은 아무도 없을 것이다.

최 국장은 강태산이 자신 있게 이야기하자 조금씩 안정을 찾아갔다.

그는 IX—500을 이리저리 만져보며 고개를 흔들어대고 있었다.

"이게 뭐라고 그 지랄들을 떤 건지 모르겠네."

"금액으로 환산할 수 없는 물건이라니까 조심하세요. 그러다 깨지면 큰일 납니다."

"그런가?"

최 국장이 강태산의 말에 눈을 크게 뜨면서 슬그머니 IX—500을 내려놨다.

그 모습이 귀여워서 강태산의 얼굴에 웃음이 흘렀다.

중요한 건 맞지만 복사본에 불과한 물건이다.

중국 측의 손에서 벗어난 이상 IX—500은 파괴시켜도 아무런 문제가 없는 물건이었기 때문이었다.

최 국장은 얼떨결에 IX—500 내려놨다가 강태산의 웃음에 사태를 알아차리고 눈을 부릅떴다.

"물건들은?"

"안 썼습니다. 안가에 다시 넣어놨으니 시간이 지난 후에 찾으면 될 겁니다."

"사람도 죽였냐?"

"내가 살인마로 보입니까. 제가 이래 봬도 죽일 때 안 죽일 때 판단은 귀신같이 하는 사람입니다."

"그나마 다행이다."

"점심은 드셨습니까?"

"너 기다리느라 못 먹었다."

"그럼 밥 먹으러 가시죠. 큰일 하고 왔으니까 밥값은 국장님이 내시고요."

"입맛이 안 나. 코드 1한테 보고할 생각을 하니까 벌써부터 머리가 지끈거려."

"각색 잘하시잖아요. 뭘 그렇게 걱정이세요."

"넌 참 편하겠다. 사고 쳐놓고 기껏 하는 말이 완전 싸가지에 밥 말아 먹었어. 다른 놈들도 아니고 중국이다. 아마, 이 새끼들은 무슨 짓을 해서라도 범인을 잡으려 할 거다."

"노출시키지 않았다니까요."

"요즘은 우주여행까지 하는 시대야. 그만큼 수사 기법도 엄청나게 발달되었단 말이다. 분명 놈들은 홍콩과 중국으로 들어온 승객들을 전부 확인하고 샅샅이 훑으면서 들어올 거야."

"그런 거 막는 건 국장님 전문 아닙니까?"

"아이고, 말이나 못하면 밉지나 않지. 일어나, 오늘은 돈 없으니까 콩나물 해장국 먹으러 가자."

"어째 갈수록 짠돌이 행세를 하십니까. 죽을 고비를 넘기면서 임무를 완수한 사람한테 이러시면 안 되죠. 저는 고기 먹고 싶습니다!"

*   *   *

텔레비전을 지켜보고 있는 정청의 눈은 분노로 인해 이글이
글 타오르는 것 같았다.

그의 앞에는 40대 후반의 날카롭게 생긴 사내가 앉아 있었는
데 권단의 수장 왕문이었다.

권단은 신비에 가려져 있는 중국의 특수부대로서 무술의 유
단자들로 구성되어 있고 각종 폭파와 요인 암살, 적 후방 침투
를 통한 게릴라 작전에 특화된 최정예 조직이었다.

정청의 입이 열린 것은 텔레비전에서 전문가라는 놈이 나와
누전에 의한 폭발 어쩌고 하면서 말도 안 되는 소리를 지껄일
때였다.

"이봐, 왕문. 자네는 저 말을 믿나?"

"당연히 아니겠지요. 공안부에서 시킨 것 아니겠습니까?"

"맞아, 우리가 저렇게 말하라고 시켰어."

"왜 그러셨습니까?"

"그럼 뭐라고 해야 되나. 한국의 특수부대가 쳐들어와 우리
나라에서 가장 중요하다는 시설을 파괴했다고 말할까?"

"부장님은 확신을 하시는 것 같군요."

"당연하다."

"우리를 공격할 수 있는 곳은 여러 군데가 있습니다. 당장 눈엣가시 같은 독립분리주의자들도 있고 중국의 비약적인 경제 발전을 견제하는 미국과 러시아도 있습니다. 각국의 테러리스트들은 말할 것도 없지요. 그런데 부장님은 한국이 했다고 확신을 하시는데 그렇게 생각하시는 이유가 있습니까?"

"있어. 하지만 그건 말해줄 수가 없다."

왕문이 의아함을 나타냈지만 정청은 칼같이 그의 질문을 끊어버렸다.

IX-500 탈취는 국가의 안위와 발전을 위해 시행된 중요한 작전이었다.

아무리 왕문이 권단의 수장이라 해도 중국의 치부를 드러내는 말을 한다는 건 절대 있을 수 없는 일이었다.

더군다나 권단은 공안부의 말을 거역하지 못하지만 근본적으로 군부에 소속된 집단이었기에 더욱 말을 조심해야 했다.

군부는 공안부와 쌍벽을 이루는 절대 권력 집단이었다.

공안부가 시행한 작전이 실패했고 그로 인해 한국의 반격으로 D&S 기술연구소가 날아갔다는 것을 알게 된다면 군부가 어떻게 나올지 예측할 수 없었다.

그랬기에 그는 날카로운 눈으로 왕문을 바라보며 무겁게 입을 열었다.

자세한 건 알려줄 수 없지만 지금부터 그가 하는 말에 대해 납득할 수 있는 수준의 변명거리는 알려줘야 한다.

"그러나, 한 가지만 알려주지. D&S 쪽에서는 반도체 메모리 칩의 신기원을 알리는 신기술을 개발하고 있었다."

"그렇다면……."

"왕문!"

"예, 부장님."

"상부에서는 이번 일에 대한 철저한 규명과 복수를 원하고 계신다."

"복수라면, 한국을 공격하겠다는 말씀이십니까?"

"그놈들의 짓이라는 증거는 아무것도 나오지 않았다. 증거만 나왔다면 무차별 폭격을 했을 텐데 말이야."

"테러를 한 놈들을 잡으면 간단히 해결됩니다. 사고가 나자마자 전 공항에 비상경계령을 내리고 조사하고 있는 걸로 아는데요?"

"하고는 있지. 하지만, 대충 시늉만 내라고 했어."

"그렇게 하신 이유도 있겠군요."

"한국 놈들만 족칠 수 없잖아. 그렇다고 다른 나라 놈들까지 들쑤시면 당분간 관광객들은 대폭 줄게 될 것이다. 더군다나 세계 최강인 중국이 어쭙잖은 놈들에게 테러를 당했다는 사실을 알리고 싶지 않다. 이 건은 화재 사고로 처리하는 게 맞아."

"그래서 어쩌실 생각이십니까?"

"권단 내 동북맹호를 쓸 생각이다."

정청의 입에서 동북맹호란 말이 나오자 왕문의 얼굴이 슬그머니 일그러졌다.

동북맹호는 권단 내 조선족들로 이루어진 특화 부대였기 때문이었다.

중국의 특수부대들 중 가장 강한 자들이 동북맹호다.

부끄러운 사실이었으나 한족들로 구성된 특수부대들은 조선족들로 이루어진 동북맹호를 실전 훈련에서 한 번도 이겨본 적이 없었다.

그러나 왕문의 얼굴이 일그러진 건 동북맹호의 주특기가 요인 암살과 폭파에 있었기 때문이었다.

"목표를 말씀해 주시지요."

"D&S 기술연구소를 폭파한 놈들은 분명 한국의 특전사일 것이다. 자네도 알겠지만 IS가 그놈들에 의해 박살이 났지."

"특전사령부가 목표입니까?"

"동북맹호가 아무리 강해도 특전사령부를 칠 수는 없다. 우리의 목표는 특전사령관이다."

"그자는 왜……?"

"그자를 잡아라. 그래서 IS와 우릴 공격한 놈들의 정체를 밝혀!"

"그게 전부입니까?"

"동시에… 오성전자의 반도체와 전자 쪽 기술연구소 두 곳을 한꺼번에 친다. 우리가 당한 것 이상으로 철저하게 부수도록."

"알겠습니다."

"그럴 리가 없겠지만 만약의 실패를 대비해서 동북맹호의 신분은 북한 소속으로 만들고."

"당연한 일이지요. 그런데 부장님, 특전사 사령관이 토설을 하지 않으면 어떻게 합니까?"

"어차피 납치를 하는 순간 죽여야 한다. 불든 안 불든 죽여. 놈을 죽여서 한국에 경고를 할 생각이다. 함부로 대들면 어찌 되는지 똑똑히 보여줘야 다시는 기어오를 생각조차 하지 못할 테니까."

*　　　　*　　　　*

집으로 돌아오자 식구들은 예전처럼 똑같이 난리법석을 피웠다.

언제나 같은 패턴의 생활 방식이었음에도 식구들은 강태산이 오랜 외유를 끝내고 돌아오면 거실의 중앙에 앉혀놓고 그동안 있었던 일들을 캐물었다.

먼저 심문을 시작한 것은 은영이었다.

"질문 1, 오빠는 출장 가면 거의 한 달 동안 나가 있더라. 이유가 뭐냐?"

"일이 바쁘니까 그렇지."

"내가 여행 상품 뒤져보니까 길어봐야 15일이야. 아프리카는 한 달짜리가 있긴 하지만 맨날 아프리카 가는 건 아닐 거고 도대체 이해가 안 가!"

"나는 장기 여행 전문이야. 그래서 준비할 것도 많아. 여행 기간은 보통 15일 정도가 맞는데 사전에 준비해야 되기 때문에 5일 정도는 직원들하고 합숙을 한다."

"어디서?"

"여행사에서 마련해 놓은 콘도가 있어."

"와, 정말 말 잘해. 하나도 버벅거리는 게 없어. 좋아, 그 콘도 어디냐. 내가 이번에는 완벽하게 모든 것을 정리하고 가야겠다."

"넌 전공이 간호학이잖아?"

"그런데?"

"그런 놈이 왜 탐정 놀이를 좋아하냐?"

"오빠가 수상하니까 그렇지."

"내가 왜 수상해?"

"냄새가 나. 오빠가 어디 갔다 오면 꼭 커다란 사건이 터진단 말이야."

은영이 강태산의 온몸을 훑으며 갑자기 손을 뻗어서 여기저 기를 찔렀다.

그 손놀림에 기겁을 하고 뒤로 물러서자 이번에는 은정이 나 섰다.

"오빠 없는 동안 중국에서 엄청난 사건이 터졌어. 우리나라 오성전자 같은 중국 기업의 연구소가 철저하게 파괴되었다네. 그래서 지금 중국은 난리야."

"연구소 하나 파괴된 걸 가지고 뭘 그래?"

"그쪽에서 개발하던 신기술이 거의 다 산산조각이 나버렸대. 그걸 복구하려면 몇 년은 걸린다고 하더라."

"그래?"

"뭐, 10개 정도 되는가 봐. 그 중에는 세계에서 최초로 개발되던 인터페이스 전화기하고 가상현실 게임도 들어 있대. 돈으로 환산하면 어마어마하단다."

"중국에서 신경질 낼 만도 하겠다."

"지금 오성전자 주식이 폭등 중이야. 한쪽에서 망하면 한쪽이 이득을 얻는다는 명언이 실행 중이지."

"미리 알았으면 오성 주식 좀 사놓을 걸 그랬다. 은정아, 너 돈 있냐?"

"돈은 왜?"

"그거 탈탈 털어서 오성 주식 사자. 그렇지 않아도 오성에서 엄청난 반도체 메모리 칩을 개발했다는 소식이 있어."

"정말?"

"그렇다니까."

"어디서 들었는데?"

"우리 부장님이."

갑작스러운 은정의 질문에 잠깐 당황했던 강태산이 조금 늦게 대답하자 이번에는 은영이 중간에서 사정없이 끼어들었다.

"내가 두 번째로 묻고 싶었던 게 그 부장님이다. 도대체 오빠

네 부장님은 정체가 뭐냐. 뭐만 물으면 부장님이 그랬다고 하는데 부장님이 신이라도 되는 거야?"

"응. 나한테는 거의 신이지. 나를 조종하고 괴롭히는 유일한 사람이니까."

"헐!"

은영이 입을 떡 벌렸다.

강태산이 누군가에게 이럴 정도로 경의를 갖는 건 처음 봤기 때문이었다.

부장의 정체.

만약 최 국장이 강태산의 말을 들었다면 입에 거품을 물었을지도 모른다.

그 후로도 권 여사와 두 여동생의 질문은 계속되었고 언제나처럼 텔레비전을 보면서 웃고 떠드는 시간들이 흘러갔다.

뭔가를 고민하고 주저하던 은정의 입이 슬쩍 열린 것은 열 시가 훌쩍 넘어 강태산이 주섬주섬 자리에서 일어나려 할 때였다.

"오빠, 내일 토요일인데 뭐 해?"

"왜 물어?"

"별일 없으면 오빠 고생했으니까 내가 밥 사주려고 그러지."

"어떡하니. 난 내일 다영 씨 만나기로 했는데."

"그래?"

"우리 예쁜 동생이 밥 사준다는데 아깝네. 그거 저축했다가 나중에 사주라."

＊　　＊　　＊

　토요일.

　특전사령관 이학송 중장은 정장을 차려입은 채 대기실에 앉아 있는 딸을 바라보았다.

　오늘은 그가 그토록 사랑하는 큰딸의 결혼식 날이었다.

　천사같이 아름다운 모습에 저절로 미소가 지어졌다.

　태어나 지금까지 속 한번 썩이지 않고 곱게 자라난 아이.

　군인은 수없이 많은 근무지를 돌아다닌다.

　그랬기에 딸아이는 어렸을 때 제대로 된 친구조차 없이 외롭게 자라야 했다.

　그럼에도 잘 커주었다.

　그리고 오늘 길고 긴 새로운 여정을 시작하기 위해 곱게 단장한 채 준비를 하고 있었다.

　이선화는 그가 문을 열고 다가서자 밝은 웃음을 지었다.

　"아빠, 멋있어요."

　그녀는 정복을 입은 이학송의 모습을 늘 자랑스럽게 여겼다.

　제복에 대한 여자들의 환상 때문이 아니다.

　살아오면서 편법을 쓰지 않고 정도를 걸어온 아버지에 대한 존경 때문이다.

이선화는 나라를 위해 평생을 살아온 아버지를 언제나 자랑스럽게 여겼다.

그것을 알면서도 이학송의 얼굴에는 장난스러운 미소가 피어났다.

"늘 입는 옷인데 새삼스럽게 멋있기는. 하긴, 아빠가 예전에는 꽤 잘나가긴 했지."

"호호, 또 그러신다. 이젠 그런 말 하지 말라니까요. 엄마가 제일 싫어하는 말이잖아요."

"사실인걸 뭐. 그런데 우리 선화 오늘 정말 예쁘구나."

"아빠 피를 이어받았으니 오죽하겠어요."

"시집가니까 좋아?"

"미안해요. 조금 이따 해도 괜찮은데 그 사람이 워낙 서두르는 바람에……."

"인마, 그런 뜻이 아니잖아."

"알아요."

"신랑한테 잘해줘. 조금 힘들다고 해서 신랑을 괴롭히면 안 돼. 알았지?"

"그럴게요."

"난 이제 나가봐야겠구나. 손님들이 오실 시간이다."

이학송은 웨딩홀의 한편에 서서 손님들을 맞이했다.

하객들은 대부분 군인들이었다.

국방부 장관을 비롯해서 수많은 장성들이 예식장을 찾았고 특전사 출신들의 예비역들이 찾아와 그를 축하해 주었다.

그러나 정재계 인사들은 찾아보기 어려웠다.

두 달 전 있었던 5군단장의 큰아들 결혼식과는 무척 대비되는 모습이었다.

5군단장 정용화는 마당발답게 수많은 정치인들과 정부 요인들, 그리고 재계 쪽에서 온 하객들로 예식장이 미어터질 지경이었다.

그럼에도 이학송의 얼굴에는 웃음이 떠나지 않았다.

군인으로 살아왔으니 하객은 군인으로 충분했다.

그리고 이곳에 온 사람들은 진심으로 그의 혼사를 축하해 주고 있었다.

식이 곧 거행된다는 사회자의 안내 방송에 따라 그는 자리를 옮겨 딸아이가 나오기를 기다렸다.

신랑이 입장을 한 후 이선화가 신부 대기실에서 나와 그를 향해 다가왔다.

가슴이 떨린다. 아련한 아픔과 함께.

딸아이는 진정한 사랑을 찾았지만 좋은 혼처라고는 볼 수 없었다.

신랑은 시골에서 태어나 홀로 상경해서 공부를 했고 그의 부모는 농사를 지으며 겨우겨우 살아가는 사람들이었다.

당연히 시부모 쪽에서 경제적인 지원을 받을 수 없었다.

사정은 이학송 쪽도 그리 좋은 것은 아니라 힘들게 반쪽의 전세금을 마련할 수 있었다.

  미안했다.

  그마저도 딸아이가 받지 않겠다고 고집을 부리는 바람에 겨우겨우 설득해서 손바닥만 한 전셋집을 얻어주었다.

  집사람이 병원에만 있지 않았더라면 집이라도 잡혔을지도 모른다.

  하지만 췌장암에 걸려 지금도 병원에서 투병하고 있는 집사람을 생각하면 그것은 최후의 보루로 남겨둬야 했다.

  전현무가 내밀었던 가방을 받았다면 이런 고민은 하지 않았을지도 모르나 그는 자신의 결정을 한 번도 후회한 적이 없다.

  웨딩 마치에 맞춰 딸아이의 손을 잡고 붉은 비단천을 따라 신랑이 있는 곳으로 걸어갔다.

  처음 해보는 것이라 그런지 무척 어색했으나 끝내 그는 당황함을 숨기고 딸아이의 손을 굳게 쥔 채 천천히 걸었다.

  딸아이의 손을 신랑에게 건네주는 순간 허전함이 한꺼번에 밀려왔다.

  텅 빈 의자.

  그의 옆에서 평생을 지켜주었던 아내가 이곳에 있었더라면 이런 허전함은 덜했을지도 모른다.

  "잘 치렀어요?"

"응."

하얗게 질려 있는 얼굴.

보기조차 안쓰러워 볼 때마다 가슴이 미어지는 아내의 얼굴은 이제 반쪽으로 변해 있었다.

아내는 췌장암 3기가 진행되는 중이었다.

한 번의 수술을 했지만 상태는 호전이 되지 않아 벌써 6개월째 병실에 누워 있었다.

힘들어했다.

벌써 30년을 훌쩍 넘게 같이 살아왔지만 그녀가 이렇게 힘들어하는 모습은 처음이었다.

그러면서도 그녀는 딸아이의 결혼에 많은 걱정을 기울였다.

아팠지만 그녀는 엄마였다.

다른 보통의 엄마들처럼 가난한 신랑에 대한 불평을 늘어놓았고 고생해야 하는 딸아이의 시작에 대한 고민을 숨기지 못했다.

이학송이 적금을 깨고 융자를 얻어서 그나마 작은 전세방을 얻어주었다는 소리를 듣고 나서야 그녀는 안도의 한숨을 내쉬며 고생했다는 말을 해주었다.

그러나 결혼식에 참석하지 못하는 자신의 불행한 처지에 대해서는 오히려 내색하지 않았다.

생기를 잃어버린 자신의 모습이 딸아이에게 누가 되는 것을 그녀는 극도로 싫어했다.

"예뻤죠?"

"무척 예뻤어. 날 닮았잖아."

"또 그 소리."

"허허, 이 사람."

"당신, 고생했어요. 내가 해야 할 일까지 전부 당신한테 맡겨서 미안해요."

"별소릴 다 하는군. 당신이 다 한 거야. 내가 뭘 해야 되는지 당신이 다 가르쳐 줬잖아."

"선화가 울지 않던가요?"

"왜 안 울겠어. 그놈 눈물이 많아서 내가 혼났어."

"잘 살겠죠?"

"그럼 잘 살 거야. 윤 서방이 워낙 성실하니까 처음에는 고생하겠지만 분명 행복하게 살 거야."

"그래요. 그러면 좋겠어요."

"밥은 먹었어?"

"먹지 말래요. 한 시간 후에 항암 치료를 해야 된대요. 당신 밥 못 먹었죠? 어떡해요, 벌써 시간이 이렇게 늦었는데?"

"나도 생각이 없어."

"그러지 말고 조금 있다가 선영이 오면 집에 가세요. 오늘 너무 고생 많았잖아요."

"괜찮아. 나는 당신 얼굴 보고 있으면 피곤이 싹 풀리는 사람이야."

"나이가 드니까 천하의 이학송 장군님도 아부가 느시는군요. 귀여워요, 당신."

"이 사람이. 누가 들으면 큰일 날 소리를 하고 있어."

이학송이 아내의 말을 듣자마자 급히 주위를 둘러보았다.

60이 다 된 나이에 귀엽다는 소리를 듣는다는 건 여간 쑥스러운 것이 아니었다.

더군다나 그는 대한민국 특수전사령부를 이끄는 수장이었다.

그 모습에 아내가 입을 가리며 유쾌한 웃음을 흘렸다.

얼굴은 병마와 싸우느라 반쪽이 되어 있었으나 남편과 함께하는 그녀의 모습은 너무나 행복해 보였다.

"윤 서방이 아무리 성실하다고 해도 당신한테는 안돼요. 당신같이 멋진 남자를 만난 건 나에게 천운이었어요. 고마워요, 여보. 같이 옆에 있어줘서."

비가 온다.

둘째 딸에게 엄마를 맡겨놓고 집으로 돌아오는 길은 갑자기 내린 비로 촉촉이 젖어가고 있었다.

서늘한 가슴.

집에 아무도 없다는 생각이 들자 돌아가는 길이 너무나 허전하게 느껴졌다.

가는 길에 해장국집에 들러 콩나물국밥을 먹은 후 슈퍼에 들렀다.

이대로는 그냥 잠이 들 수 없을 것 같았다.

소주 2병에 마른안주를 사서 집에 들어가 옷을 갈아입은 후 텔레비전을 켰다.

텔레비전에서는 아내가 좋아하는 주말 연속극이 방영되고 있었다.

아내는 길어야 6개월이라는 의사의 선고를 받았다.

평생을 같이한 사람의 죽음.

어느새 또 다른 내가 되어버린 사람의 죽음을 받아들인다는 건 쉬운 일이 아니었다.

남녀 간의 사랑은 3년이 한계란 말을 들었다.

가슴이 떨리는 사랑은 그렇다.

보지 못하면 눈에 밟히고 그 사람의 목소리만 들어도 가슴이 애틋해지는 사랑은 죽음을 불사할 정도로 강렬하지만 수명이 길지 않다.

그러나 부부의 정은 시간이 지날수록 깊어져 그 끝을 알 수 없다.

오랜 세월을 같이 산 부부는 어느 순간이 되면 상대방의 생각과 행동이 똑같아진다.

바로 또 다른 내가 된다는 뜻이다.

또 다른 내가 된 아내의 죽음은 삶의 의미를 상실시킬 만큼 무섭고 힘든 일이다.

아내를 살려달라고 애원했으나 의사는 연민에 가득 찬 시선만 던진 채 냉정하게 돌아섰다.

그는 이런 일을 수없이 경험했던 것이 분명했다.

소주 한 잔에 아내와 함께했던 추억들이 떠올랐다.

제주도로 갔던 신혼여행.

그때 그녀는 오늘의 딸아이처럼 싱그러웠고 아름다웠다.

큰아이를 출산하고 자랑스럽게 자신을 바라보던 그녀의 눈빛이 아직도 생생하다.

아내는 아들을 낳지 못했다는 아쉬움을 뒤로하고 그에게 눈망울이 예쁜 딸을 안겨주었다.

한 잔 한 잔에 그동안에 있었던 일들이 주마등처럼 떠올랐다.

가족들과 함께했던 추억은 어느샌가 지나갔고 이번에는 수많은 작전에서 산화해 간 동료들과 부하들이 차례차례 떠오르기 시작했다.

눈조차 감지 못하고 죽어간 사람들, 그리고 그들의 가족들을 생각할 때마다 찢어지듯 가슴이 아팠다.

어느새 두 번째 소주병이 비워졌을 때 그의 상념은 IS에서 산화한 정시훈 대위를 마지막으로 끝이 났다.

끼리릭.

마지막 소주잔을 비울 때 현관문이 열리는 소리와 함께 찬바람이 몰아쳤기 때문이었다.

문을 열고 들어선 자들은 다섯.

얼굴에 테러 진압용 특수 복면을 뒤집어쓴 자들은 하나같이 손에 소음 권총을 들고 있었다.

이학송은 신발조차 벗지 않고 다가서는 자들을 바라보며 미동조차 하지 않았다.

그리고 지휘자로 보이는 키 큰 사내가 자신의 앞에 다가왔을 때 천천히 입을 열었다.

"나를 잡기 위해서 온 거냐?"

"네가 이학송이라면 맞다."

"이유는?"

"죽을 짓을 했으니까."

"그래?"

"일어나라. 조금이라도 반항하면 팔다리를 잘라 버리겠다."

"하나만 묻자. 너희들은 누구의 개들이냐?"

*　　　　*　　　　*

강태산은 오랜만에 민다영과 만나 데이트를 즐겼다.

토요일이라 그런지 그녀는 캐주얼 차림으로 나왔는데 아주 싱그러운 모습이었다.

강태산은 야외로 나가자는 그녀의 제안을 받아들이지 않고 가볍게 늦은 점심을 먹은 후 영화를 봤다.

전형적인 데이트의 표본.

사랑이 익어가는 시간들은 어떤 데이트도 아름답고 즐겁다.

감정을 주고받으며 상대의 눈을 확인하는 순간들은 지금 자신들이 무엇을 하는지조차 모르게 만들 만큼 황홀하기 때문이다.

하지만 사랑의 감정이 식어간다면 이야기는 달라진다.

여자들은 밥 먹고 차 마시고 영화 보는 이 패턴을 지겨워하며 남자들이 자신에게 정성을 기울이지 않는다는 불평을 늘어놓기 시작한다.

그때의 그녀들은 만남의 즐거움보다 이 남자를 꼭 만나야 하는 이유를 찾고자 노력한다.

자신의 선택이 정말 옳은 것인가에 대한 해답을 말이다.

그러나 그때가 되면 남자들도 마찬가지 상황이 된다는 걸 여자들은 모른다.

사랑이란 호르몬이 식으면 남자든 여자든 자신의 선택을 후회하는 시기가 오는데 여자들은 그것이 자신들만의 전유물이라는 착각에 빠진다.

강태산과 민다영이 단순하게 밥 먹고 영화를 보면서 이렇게 즐거울 수 있는 것은 그들이 이제 막 시작한 연인이기 때문이었다.

서로 간을 알아가는 시간들.

밥을 먹으면서도 영화를 보면서도 소곤소곤 상대의 처지와 생각들을 묻고 대답하는 민다영의 표정은 살짝 상기되어 있었다.

약간의 긴장감과 설렘.

사랑에 빠져가는 전형적인 여자의 모습이었다.

진동으로 해놓았던 강태산의 핸드폰이 길게 울린 것은 영화가 절정을 향해 달려가고 있을 때였다.

영화관 밖으로 나온 강태산이 통화 버튼을 누르자 최태양의 굵직한 목소리가 흘러나왔다.

―대장님, 놈들의 움직임이 포착되었습니다.

"몇 놈이냐?"

―열 명입니다.

"그분은 어디 계신가?"

―병원에서 들어오고 계십니다. 지금 태호가 호위 중입니다.

"철저하게 마크하라고 전해. 그리고 상철이와 민호는 먼저 들어가서 자리 잡아. 내가 곧 가겠다."

다시 영화관으로 들어온 강태산은 슬그머니 자리에 앉은 후 민다영을 바라보았다.

그녀의 입이 작게 열렸다.

'왜요?'

소리는 새어 나오지 않았지만 그녀의 표정과 입술의 모양은 분명 그런 말이었을 것이다.

그랬기에 강태산은 그녀의 귀에다 자신의 입술을 가져갔다.

"다영 씨, 제가 급한 일이 생겼습니다."

"무슨 일인데요?"

"회사의 상사분이 위독하시다네요. 미안합니다."

"아니에요. 그렇다면 빨리 가세요."

"일어나지 마세요. 다영 씨는 영화 마저 보시고 나오세요."

"그럴 수는 없죠. 영화가 재미없어서 저도 일어나고 싶던 참이었어요."

거짓말이다.

남녀 간의 사랑을 다룬 이 영화는 벌써 개봉한 지 한 달 만에 관객수가 오백만을 넘었을 정도로 히트했는데 마지막 장면에서 많은 사람들이 눈물을 흘린 걸로 유명했다.

그녀는 영화를 보는 내내 스크린에 빠져 장면마다 웃음과 한숨을 반복해서 흘려냈으니 영화가 재미없었다는 건 말도 안 되는 일이었다.

그럼에도 민다영은 강태산의 뒤를 따라 단호하게 자리에서 일어나 영화관을 빠져나왔다.

영화관의 로비에서 마주 선 두 사람의 표정은 대조적이었다.

강태산의 표정에 담긴 것은 미안함이었고 민다영의 얼굴에는 아쉬움이 남아 있었다.

"영화 끝나면 다영 씨와 향기 좋은 차를 마시려고 했는데 미안하게 되었어요."

"적금해 놓을게요. 그러니까 태산 씨 저는 신경 쓰지 마시고 빨리 가보세요."

"다음에는 꼭 야외에 나가서 도시락 먹읍시다. 에버랜드 어떻습니까?"

"좋아요. 그것도 기억할게요."

"조심해서 돌아가세요. 전화드리겠습니다."

강태산은 고개를 작게 숙여 인사를 한 후 급하게 돌아서서 로비를 가로지르며 걸어갔다.

그 모습을 뒤에서 바라보는 민다영의 눈이 작게 떨렸다.

불안하다.

왠지 모르게 저 사람을 만날 때마다 한 마리 천공을 떠도는 새를 보는 것 같은 느낌이다.

자신의 손에 절대 잡히지 않을 것 같은……

*   *   *

강태산이 도착하자 어둠 속에서 최태양이 귀신처럼 빠져나왔다.

아파트는 마치 빽빽한 숲처럼 울창해서 어디가 어딘지 분간이 되지 않을 정도였다.

"지금 상황은?"

"방금 놈들 중 반이 올라갔습니다. 나머지는 아파트 외곽과 계단을 경계하고 있습니다."

"상철이하고 민호는 들어가 있나?"

"예."

"태호는?"

"밖에서 경계하는 놈들을 마크하고 있습니다."

"좋아, 그럼 너희들은 경계하는 놈들을 잡아라. 나는 올라가겠다."

"알겠습니다."

최태양이 뒤를 돌아 뛰어가자 강태산이 천천히 걸음을 옮겼다.

청룡팀에게 특전사령관 이학송을 보호하라는 명령을 내린 것은 중국에서 들어온 다음 날이었다.

지랄 같은 직감은 이렇듯 정확하게 들어맞는다.

그러나 이번 일은 직감이라기보다는 예측이라고 보는 게 맞을지도 몰랐다.

자국의 핵심 기업이 털렸으니 복수를 하고 싶어 했을 것이고 그런 짓을 한 범인으로 특전사를 짚는 것은 어쩌면 당연한 일이었다.

얼마 전 세계를 깜짝 놀라게 만들었던 IS 수뇌부의 처단 작전이 표면적으로는 특전사에서 한 것으로 알려진 이상 보복을 한다면 특전사령관이 유력했다.

*   *   *

"나를 잡기 위해서 온 거냐?"

"네가 이학송이라면 맞다."

"이유는?"

"죽을 짓을 했으니까."

"그래?"

"일어나라. 조금이라도 반항하면 팔다리를 잘라 버리겠다."

"하나만 묻자. 너희들은 누구의 개들이냐?"

이학송의 질문에 사내의 얼굴에서 잔인한 미소가 흘렀다.

그의 목소리는 못으로 칠판을 긁는 것처럼 듣기 싫은 것이었다.

"죽을 놈이 그건 알아서 뭐하겠나. 그러나 한 가지만 말하면 고통 없이 죽여주지."

"나를 죽이고 싶어 하는 놈들은 아주 많다. 내 명령으로 죽은 놈들이 한둘이 아니거든. 나한테 무엇인가 듣고 싶어 하는 놈들도 많았지. 하지만 내 입에서 무언가를 들은 놈은 아무도 없다."

"역시 배짱이 좋군."

"나를 고문하지 마라. 해봤자 소용없을 테니까. 시간 끌지 말고 그냥 죽여."

"크크크… 어디 팔다리가 잘려도 그런가 보겠다."

사내가 뒤로 한발 물러나자 사내의 신호에 따라 뒤에 서 있던 자들이 앞으로 나왔다.

어느샌가 그들의 손에는 검은색 손도끼가 들려 있었다.

가차 없는 행동.

사람의 팔을 자르기 위해 다가오는 그들의 행동에는 조금의 망설임도 없었다.

많이 해본 짓이라는 뜻이다.

거침없이 다가오던 두 명의 복면 사내가 온몸을 뒤틀면서 쓰러진 것은 이학송이 이를 악물고 눈을 감을 때였다.

파박… 파바박.

안방과 작은방의 문이 열리며 유상철과 설민호의 손에서 소음 권총이 난사되었다.

손도끼를 들고 다가오던 자들은 물론이고 뒤쪽에서 버티며 만약의 사태에 대비하던 자들도 순식간에 바닥에 쓰러졌다.

서 있는 자는 오직 하나.

이학송을 압박하던 자뿐이었다.

하지만 그도 오른손에 피를 흘리며 고통에 찬 신음을 흘리고 있었다.

유상철이 안방에서 나와 손도끼를 든 사내들을 처리하고 곧장 소음 권총을 들고 있던 그의 오른팔을 쐈던 것이다.

강태산이 현관문을 열고 들어선 것은 키 큰 사내가 설민호에 의해 바닥에 엎어지고 난 후였다.

사내들의 피로 인해 거실이 온통 피로 도배되었는데도 성큼성큼 걸어 들어오는 강태산의 행동은 아무런 망설임도 없었다.

강태산의 걸음이 멈춰진 곳은 이학송 장군의 앞이었다.

"장군님, 일어나시죠. 저희가 모시겠습니다."

"당신들은 누구요?"

"저희들은 장군님을 보호하기 위해 온 사람들입니다."

"나를 보호한다. 누가 나를 보호하라고 시켰단 말이오?"

"접니다."

"그렇다면 당신의 정체를 먼저 밝히시오. 그렇지 않으면 나는 따라가지 않겠소."

단호한 목소리.

그는 아직도 강태산의 정체를 의심하고 있었다.

당연하다.

산전수전, 공중전까지 겪은 사람이 자신을 구했다는 것만으로 믿음을 보인다는 건 너무나 단순한 짓이었다.

특수한 작전을 펼치다 보면 이중 삼중의 암계가 판을 치는 법이 허다하기 때문이었다.

강태산이 당당하게 버티는 이학송에게 입을 연 것은 그가 또다시 눈을 감으려 할 때였다.

"장군님께서도 하지 못할 말이 있는 것처럼 저에게도 그런 것이 있습니다. 하지만 정 궁금하시다면 한 가지만 알려 드리지요. IS의 지도자를 처단한 게 바로 접니다."

"정말이오!"

"그렇습니다. 알고 싶은 게 더 있겠지만 국가의 안보를 생각해서 더 묻지 말아주십시오. 이젠 가시지요. 저희가 뒤처리는 말끔하게 해놓겠습니다."

*   *   *

동북맹호의 제1전대를 이끌고 있는 이걸량은 연변 출신으로서 권단 내에서도 최강이라는 동북맹호에 들어온 지 벌써 16년이 되었다.

동북맹호는 조선족으로 구성되어 있었지만 결정적인 작전이 벌어지면 권단장은 언제나 그들을 선봉에 세웠다.

그들의 전투력이 다른 특수부대에 비해 월등히 우수했기 때문이었다.

이번 작전이 시달되는 날 그들은 이틀 동안 코가 삐뚤어지도록 술을 마실 수 있었다.

그만큼 어려운 작전이란 뜻이다.

상부에서는 그들에게 목숨이 위험한 작전을 내릴 때마다 선심 쓰듯 이렇게 술을 사줬다.

정부에 반기를 든 남경군부의 쓰레기들을 쓸어버릴 때도 그랬고 독립을 외치던 위구르족의 지도자들을 도륙할 때도 마찬가지였다.

이걸량은 자신을 뼛속까지 중국인이라고 생각했다.

비록 한족들이 그를 보고 조선족이라며 차별 대우를 했음에도 그는 자신의 조국을 중국이라 생각하며 최선을 다해 살아왔다.

수많은 작전을 성공시켰고 그럴 때마다 그의 지위는 한 단계씩 올라가서 3년 전 드디어 꿈에 그리던 전대장까지 오르게 되었다.

그는 오히려 위험한 작전을 즐겼다.

어차피 총을 든 이상 언제 죽어도 이상할 것 없는 인생이었으니 남들이 어려워하는 작전을 성공시켜 출세를 하고 싶었다.

그랬기에 그는 출발 전날까지 대원들과 함께 마음껏 술을 마시며 여자들을 품었다.

이걸량은 어둠 속에서 환하게 우뚝 솟아 있는 오성반도체 공장을 바라보았다.

한국의 심장이라고 했던가.

놈들은 D&S 기술연구소를 폭파하면서 한 사람도 죽이지 않았으나 자신은 그렇게 하지 않을 생각이었다.

D&S 기술연구소에는 근본적으로 상주하는 인원이 없었지만 오성반도체 공장은 24시간 돌아가기 때문에 꽤 많은 사람들이 상주하고 있었다.

작전을 성공하기 위해서는 어쩔 수 없이 꽤 많은 사람을 죽일 수밖에 없는 처지였다.

그리고 그는 그런 것에 동정이 가지 않을 만큼 충분히 냉정한 자였다.

"우택, 대원들 배치는 끝났나?"

"예, 대장님."

"작전 시간은 단 30분이다. 작전이 끝나면 지정된 장소로 옮겨서 분대별로 후퇴를 실시한다. 질문 있나?"

"없습니다."

"희생된 대원들은 그대로 둔다. 하지만 지문은 확실히 지우도록."

"민간인들밖에 없는 곳입니다. 희생자는 생기지 않을 겁니다."

"단 하나의 가능성도 작전을 실패하게 만드는 원인이 되는 법이다. 잊지 말고 반드시 시행해!"

"죄송합니다. 확실히 조치하겠습니다."

"5분대는?"

"아직 연락이 오지 않았습니다."

"이 새끼들 도대체 뭐 하는 거야. 노인네 하나 잡으면서 뭔 시간이 이렇게 오래 걸려!"

"연락해 볼까요?"

"필요 없다. 지금은 저걸 부수는 게 먼저야. 우택, 시작해!"

"23시부로 작전 개시합니다."

이걸량이 어둠을 뚫고 일어나자 부전대장 우택이 거수경례를 붙인 후 무전기를 들었다.

그의 목소리가 무전을 통해 울려 퍼진 건 정확하게 밤 11시였다.

—전 대원들은 들어라. 지금부터 거북이 섬멸 작전을 시작한다!

우택의 명령이 시달되자 시꺼먼 어둠을 뚫고 서른 개의 그림자들이 은폐했던 곳에서 일어섰다.

그들은 빠른 속도로 오성반도체 공장을 향해 접근했는데 손에 든 것은 북한이 최근 개발에 성공했다는 개량형 99형 완전자동소총이었다.

*   *   *

최경모 대위는 어둠을 뚫고 다가오는 그림자들을 바라보며 슬그머니 주먹을 들어 올렸다.

오성의 반도체 공장은 대한민국에서 가장 중요한 기간 시설이었다.

오성반도체의 일 년 매출액은 작년 기준 120조에 육박했으며 대한민국 일 년 수출액의 15%를 차지하고 있었으니 오성반도체가 무너진다면 대한민국 경제는 엄청난 타격을 입게 될 것이다.

최경모 대위가 이끄는 제1특지대는 특전사 707특임대 중에서도 선임이었고 각종 전략 전술에 특화된 최정예부대였다.

지금 그의 뒤에는 제1특지대 소속의 5개 팀이 주요 진격로를 차단한 채 침입해 오는 적들을 노려보는 중이었다.

시리아에서 그는 둘도 없는 친구 정시훈 대위를 잃었다.

그는 어쩌면 자신을 대신해서 죽었는지도 모른다.

갑작스럽게 닥친 아버지의 죽음으로 인해 영정을 지키느라 제1특지대가 맡을 임무를 정시훈이 대신했다.

원 없이 울었으나 그토록 사랑했던 친구는 눈을 뜨지 못했다.

그의 따뜻했던 음성.

불현듯 다가와 농담을 하던 친구의 목소리가 아직도 생생한데 그는 싸늘한 땅에서 사랑하는 가족들을 남겨둔 채 깊은 잠이 들고 말았다.

제1특지대가 오성반도체 공장의 야간 방어를 시작한 것은 이틀 전이었다.

제1특지대장 강호인은 팀장들을 직접 불러 전혀 예상치 못했던 명령을 내리며 어떤 일이 있어도 철저하게 오성반도체를 사수해야 된다는 각오를 다졌다.

이유를 물었으나 대장은 말해주지 않았다.

707은 지금까지 이런 임무를 맡은 적이 없었기에 모든 팀장들이 의문에 찬 시선을 던졌으나 강호인은 적의 침투가 예상된다는 말만 하고 회의실을 벗어났다.

낌새를 보니 그도 정확한 사실을 모르는 것 같았다.

다른 팀장들은 의문을 털지 못하고 자리를 벗어났으나 최경모는 직감적으로 이번 작전이 중국의 D&S 기술연구소 피격과 관련이 있다고 생각했다.

그는 친구의 죽음을 슬퍼할 새도 없이 누군가의 대역을 해야 했다.

수많은 IS 전사들을 뚫고 시리아 내에 있던 테러 분자들의 지도자들을 일거에 일망타진해 버린 영웅 역할을 맡았던 것이다.

만여 명의 병력 속에서 지옥의 사자가 되어 뜨거운 열사를 종횡한 자들이 따로 있었지만 그의 팀은 수많은 기자들의 플래시를 받으며 영웅이 되어 손을 흔들어야 했다.

베일에 싸여 있는 존재들.

자신은 절대 할 수 없는 일이었다.

누구보다 힘든 훈련을 겪었고 수많은 전투 현장에서 싸워왔으나 707의 힘으로는 불가능에 가까운 작전이었다.

그런 작전을 완벽하게 처리하고 사라진 자들은 도대체 누구란 말인가.

특전사령관은 물론이고 그 누구도 그들의 존재를 알지 못하는 것 같았다.

언론에서는 정부에서 발표한 대로 그를 영웅으로 만들며 수많은 기사를 써댔으나 진실은 은폐되어 한 치도 그 발끝을 보이지 않았다.

그가 오성반도체 공장의 방어 명령을 받으면서 D&S 기술연구소의 피격을 연상시킨 것은 어쩌면 그들이 움직였을지도 모른다는 상상 때문이었다.

　　　　　　*　　　　　*　　　　　*

　제1특지대장 강호인 중령은 뒤쪽에 있다가 선두에 있던 최경모가 주먹을 들자 빠르게 다가왔다.

　나이가 40이 넘었는데도 그의 행동은 표범처럼 날랬다.

　"뭐냐?"

　"놈들이 오고 있습니다."

　"으… 정말로 오다니 놀라운 일이군."

　적외선 망원경으로 적들의 접근을 확인한 강호인이 무거운 신음을 흘렸다.

　어둠 속에서 표정은 보이지 않았으나 강호인의 목소리만 들어도 얼마나 놀랐는지 충분히 알 것 같았다.

　그는 임무를 맡았지만 실제로 적들이 침입할 거란 생각은 가지지 않았던 모양이었다.

　그럼에도 최경모는 작은 목소리로 물었다.

　100m 전방까지 접근한 적들의 행동은 마치 유령처럼 은밀했다.

　얼굴 전체를 복면으로 가린 적들은 자동소총을 견착한 후 재빠르게 이동하고 있었는데 등에는 폭탄이 담긴 것으로 보이는 가방을 메고 있었다.

　"대장님은 저자들이 누군지 아십니까?"

　"나도 정확히 모른다. 그러나 저들의 목적이 뭔지는 알겠다."

강 중령이 적외선 망원경으로 적들의 움직임을 주시하다가 헤드셋으로 각 팀에게 전투준비 지시를 내렸다.

불과 얼마 지나지 않았으나 검은 그림자들은 전방 50m까지 육박해 오는 중이었다.

빠른 속도다.

강 중령의 지시에 707 특임대 5개 팀이 동시에 그림자를 향해 총구를 겨누었다.

최첨단 장비로 무장한 특임대의 병력들은 모두 야간 투시경을 착용하고 있었는데 방어 위치는 반도체 공장의 외곽 지역이었다.

만약 전투가 벌어지더라도 반도체 공장만큼은 철저히 지켜야 했기에 그들은 외곽의 주요 위치에 방어선을 형성하고 있었던 것이다.

헤드셋을 통해 들려오는 소음이 증폭했다.

후방과 측방을 경계하던 나머지 특지대들도 적들의 출현을 확인한 모양이었다.

도대체 얼마나 많은 병력이 공격해 오고 있단 말인가.

"사격 개시!"

강호인의 입에서 짧은 명령이 떨어지자 대기하고 있던 특지대원의 총구가 일시에 불을 뿜기 시작했다.

파바박… 파박… 부드드득.

소음기를 장착한 K—23 소총이 일시에 불을 뿜자 마치 이불이 터지는 소리가 삽시간에 하늘을 울렸다.

정확한 조준 사격.

어둠 속의 사격이었으나 야간 투시경을 착용했으니 대낮에 사격하는 것과 마찬가지다.

이것이 대한민국 최고의 특수부대라 칭해지는 707특임대의 능력이다.

주간은 물론이고 야간 사격 능력도 백발백중의 정확도를 갖추었으니 노출된 목표는 단숨에 때려잡을 수 있다.

그런 병력이 한꺼번에 조준 사격을 하자 전방에서 다가오던 십여 명의 그림자들이 순식간에 쓰러졌다.

몇 명이 은폐물을 찾아 숨었으나 반격은 그리 강렬하지 못했다.

잔존한 적을 제압하기 위해 특지대 병력이 신속하게 자리에서 일어났다.

섬멸 작전 개시.

아무리 동북맹호가 중국 최고의 특수부대라 할지라도 불의의 습격을 받은 이상 버티는 데 한계가 있었다.

침입자들은 오성반도체 공장에 대한민국 최고의 부대가 방어선을 형성하고 있다는 걸 전혀 눈치채지 못했으니 지옥에 가서도 원망하지 못할 것이다.

*   *   *

"어찌 되었습니까?"

"모두 사살했다는 소식입니다. 오성의 반도체 공장과 기술연구소는 무사합니다."

"다행이구려."

적들의 공격 소식에 긴장한 눈으로 집무실을 지키고 있던 박무현 대통령이 급히 들어온 국방부 장관의 보고를 받고 한숨을 내쉬었다.

"침입한 자들은 누구요?"

"그게 조금 더 조사해 봐야 될 것 같습니다. 놈들의 소지품에서 나온 것은 북한의 해상저격여단을 상징하는 표식이었습니다."

"그렇다면 북한의 소행일 수도 있다는 뜻입니까?"

"확신은 할 수 없지만 충분히 그럴 수도 있습니다. 그자들은 어떤 미친 짓도 할 자들이니까요. 그런데 뭔가 찜찜합니다. 공격을 하면서 자신들의 부대 표식을 그대로 노출시켰다는 건 이해되지 않는 부분입니다."

"음."

"또 한 가지의 경우의 수는 권단 내 동북맹호입니다. 동북맹호는 조선족들로 구성되어 있기 때문에 북한의 특수부대와 외형상으로 전혀 구별이 되지 않습니다. 그러나 그들이 움직일 이유가 없으니 이번 일은 아무래도 북한의 소행일 가능성이 큽니다."

"그렇구려."

박무현 대통령이 고개를 끄덕였다.

국방부 장관은 IX—500 회수 작전에 대해서 아무것도 모른다.

더군다나 청룡이 D&S 기술연구소를 부수었다는 건 상상조차 못 했기 때문에 중국이 배경에 있다는 생각은 전혀 안 하는 것 같았다.

더 많은 정보가 있었다면 국방부 장관은 더 현명한 판단을 했겠지만 청룡을 노출시킬 수는 없는 일이었다.

국방부 장관을 믿었으나 청룡은 자신만이 알고 있어야 하는 대한민국 최고의 기밀 사항이었다.

박무현 대통령이 고개를 끄덕인 후 심각한 표정으로 말을 돌린 것은 미안함 때문일 것이다.

"우리 측 피해는 없습니까?"

"세 명이 경미한 총상을 입었습니다. 사망자는 없습니다."

"다행이오. 장관께서는 이제 나가보세요. 나머지는 내가 알아서 처리하지요. 고생했습니다."

"북한이 어떻게 나올지 짐작이 되지 않습니다. 일단 군에 비상경계령을 내려놓겠습니다."

"그럴 필요 없습니다. 우리가 먼저 움직이면 자칫 빌미를 제공할 수도 있으니까 이번 건은 소리 소문 없이 처리했으면 좋겠습니다."

국방부 장관이 집무실을 나가자 박무현 대통령은 자리에서 일어나 피곤하다는 핑계를 대고 자신의 서재로 올라갔다.

그곳에는 정 의장이 책상에 앉아 책을 읽고 있었다.

현재 시간 새벽 1시.

그가 대통령의 서재에 있는 게 너무나 이상한 일이었지만 정 의장은 마치 주인처럼 아주 태연하게 책에 빠져 있었다.

"무슨 책을 그리 재밌게 읽으십니까?"

"이인수 시인의 시집이 있기에 꺼내 보았습니다. 허락도 없이 죄송합니다.

정 의장이 사과의 뜻으로 고개를 숙이자 대통령이 급하게 고개를 흔들었다.

정 의장의 나이는 그보다 여덟 살이 많았지만 언제나 더없이 정중한 모습을 보인다.

하지만, 그보다 더 정 의장을 예우할 수밖에 없는 것은 도청을 피하기 위해 일이 있을 때마다 노구의 몸을 이끌고 비밀리에 청와대로 들어오는 그의 수고로움이 너무나 고마워서였다.

"별말씀을 다 하십니다. 언제든 보고 싶은 건 꺼내 보셔도 됩니다."

"감사합니다."

"그나저나 정 의장님의 예측대로 오늘 저녁 11시에 놈들의 공격이 있었습니다."

"저도 보고를 받았습니다."

"국방부 장관은 침입자들의 몸에서 북한의 해상저격여단 표식이 나왔다고 하더군요. 그들이 누구든 결국 배경에는 중국이 있겠지요?"

"대통령님, 그자들은 동북맹호 소속입니다."

"국방부 장관도 동북맹호를 거론하던데 의장님께서는 확신을 하시는군요. 이유가 있습니까?"

"청룡이 특전사령관을 죽이기 위해 온 자들을 사로잡았습니다."

"특전사령관을 암살하려 했다고요!"

"그렇습니다. 청룡이 미리 알고 대비했기 망정이지 안 그랬으면 우리나라는 훌륭한 장군을 잃을 뻔했습니다."

"이자들이 그런 짓까지 하다니……!"

"이번 일은 청룡의 독단적인 판단으로 인해 커진 일입니다. 그래서 제가 많이 혼냈습니다. 대통령님, 중국과의 관계를 악화시키는 것은 바람직하지 않습니다. 이쯤에서 마무리하시는 게 좋을 것 같습니다."

"청룡은 잘못한 것이 없습니다. 먼저 대한민국을 건드린 것은 그자들이니 청룡의 행동은 어쩌면 당연한 것이었습니다. 일은 매듭을 지어야 하는 법. 그대로 방치하면 그자들은 또 다른 생각을 하게 될 겁니다."

"어쩌실 생각이십니까?"

"사로잡은 자들이 동북맹호 소속이란 건 어떻게 알았다고 합니까?"

"청룡이 움직이면 배겨낼 자가 아무도 없습니다. 처음에는 북한의 해상저격단 소속이라고 우겼지만 결국 자백을 했다더군요."

"그자들의 증언 육성을 녹음했겠지요?"

"예, 해놨습니다."

"그렇다면 저에게 주십시오. D&S 기술연구소 소장이라는 놈이 토설했던 음성 녹음과 함께 중국 측에 보내겠소. 물론 발뺌을 하겠지. 하지만 계속해서 그러지는 못할 겁니다."

*   *   *

다음 날.

박무현 대통령은 직통 라인을 통해 중국의 주석 주민상에게 전화를 했다.

일국의 대통령이 다른 나라의 지도자에게 직접 통화를 하는 것은 거의 없는 일이었다.

국가의 경영을 한 몸에 책임지는 대통령은 언제나 사전에 철저한 검증을 통해 해야 할 말만 할 수밖에 없기 때문에 이렇듯 즉흥적으로 통화를 한다는 건 이례적인 일이었다.

대통령이 주민상에게 전화를 한다고 했을 때 비서실장을 비롯해서 측근들이 반대를 한 것도 그런 이유 때문이었다.

그들이 무슨 일이냐고 물었지만 대통령은 그저 해야 할 말이 있다면서 통화를 재촉하기만 했다.

하지만, 주민상은 쉽게 전화를 받지 않았다.

대통령이 수화기를 들고 기다렸으나 주민상이 전화를 받은 것은 그로부터 5분이 지난 후였다.

─박 대통령님, 오랜만입니다. 갑자기 전화를 다 주시고 무슨 일이십니까?

"제가 보낸 선물은 받아보셨겠지요?"

─무슨 선물 말이오?

"요즘은 인터넷이 워낙 발달해서 파일 보내는 건 일도 아닙니다. 못 보셨다고 말씀하신다면 이만 전화를 끊겠습니다."

─이보시오. 무슨 말인지 알아듣게 말씀하셔야 되는 것 아니오. 이게 무슨 무례한 짓이오!

"어젯밤 우리나라에서 가장 중요한 오성반도체 공장과 기술 연구소가 습격을 당했습니다."

─그런 일이 있었소?

"모른 척하지 마시오. 중국의 특수부대 동북맹호가 한 짓인 데 모른다고 하다니요. IX─500을 먼저 훔쳐 간 것은 중국이었 소. 남의 나라 신기술을 먼저 빼돌려 놓고 보복을 하겠다면서 특수부대를 보낸 건 너무 염치없는 짓 아니오?"

─그게 무슨 말도 안 되는 소리요? 우리는 그런 일을 한 적이 없소.

"그렇다면 내가 보낸 파일을 전 세계에 배포해도 괜찮으시겠습니까? 어디 끝까지 해볼까요?"

─그건… 박 대통령님, 뭔가 오해가 있는 것 같습니다. 양국의 관계를 고려해서 먼저 대화를 해봅시다. 나는 무슨 일이 벌어졌는지 정말 알지 못하오.

박무현 대통령이 강하게 나가자 주민상이 말투를 누그러뜨렸다.

중국에서 자주 쓰는 수법.

바로 시간을 끌어서 해결해 보겠다는 수작이었다.

주민상의 말은 거짓말이다.

다른 나라에 특수부대를 보내서 파괴 공작을 감행한 사실을 주석이 모른다는 건 말도 안 되는 일이었다.

그랬기에 박무현 대통령은 얼굴에 가느다란 미소를 지은 채 쐐기를 박았다.

"대화 좋지요. 양국의 관계가 악화되는 건 나도 바라지 않는 일이니 그렇게 합시다. 하지만 다시 이런 일을 획책한다면 우리는 바로 이 파일을 미국과 영국 등 신기술을 도둑맞았던 모든 나라들에게 던질 거요. 그러니 향후에는 행동 조심하시오."

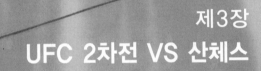

제3장
UFC 2차전 VS 산체스

하늘이 파랗다.

그 파란 하늘을 보면서 강태산은 거리를 걸으며 지나가는 사람들을 바라보았다.

평화로운 얼굴들.

작전이 끝나고 일주일이 지났지만 대한민국은 너무나 조용했다.

하긴 그가 시행했던 작전들 대부분은 음지에서 벌어진 일이었기 때문에 일반 국민들이 아는 경우는 거의 없었다.

허망하다.

작전이 끝나고 난 후의 이 허무함은 오랜 시간이 지났어도 끝없이 반복되면서 그를 괴롭혔다.

이틀 전 UFC의 제프리 조던 부회장에게 전화를 걸었던 것은 그런 허무함을 해소하기 위함이었다.

뭔가에 집중하지 않는다면 이 허무함은 없어지지 않을 테니 말이다.

제프리 조던은 그가 전화를 걸어 시합을 하고 싶다는 말을 꺼내자 반색을 했다.

강태산이 데뷔전에서 만들어낸 명승부는 아직도 UFC 홈페이지의 상단을 차지한 채 상영되는 중이었기에 그는 하루라도 빨리 강태산의 시합 일정을 잡고 싶어 했다.

그리고 오늘.

제프리 조던은 그에게 20일 후에 벌어지는 UFC 454의 출전 의사를 타진해 왔다.

터무니없는 짓이다.

이제 20일밖에 남지 않은 경기에 출전하라는 것은 아무런 준비 없이 링에 오르라는 것과 마찬가지였다.

하지만 강태산은 그의 제의를 두말하지 않고 받아들였다.

상대가 좋았기 때문이었다.

제프리 조던이 대전 상대로 지목한 것은 라이트급 10위에 올라 있는 강자 산체스였다.

일이 되려면 거리에 넘어져도 돈을 줍는다던데 강태산 입장에서는 딱 그런 상황이 발생했다.

산체스의 상대였던 브라질의 브람바가 연습 도중 다리 골절을 당하지 않았다면 이제 막 데뷔한 그에게 상위 랭커인 산체스를 붙인다는 건 말도 안 되는 일이었다.

*   *   *

강태산이 천천히 걸어 만덕체육관에 들어서자 짜장면을 먹고 있던 김 관장과 김만덕이 귀신을 본 것처럼 벌떡 자리에서 일어났다.

체육관에는 금방 들어와 옷을 갈아입은 것으로 보이는 고등학생뿐이었다.

고등학생은 강태산이 체육관으로 들어서자 두 사람과는 다르게 황홀한 눈으로 바라보며 어쩔 줄 모른 채 움직이지 못했다.

하긴 오후 3시밖에 되지 않았으니 체육관에 사람이 있는 것 자체가 이상한 일이었다.

"강태산 너 귀신 아니지?"

"또 왜 그러세요."

"하도 오랜만에 봐서 그런다."

"한두 번도 아닌데 새삼스럽게 왜 이러십니까."

"한두 번도 아니니까 더 미치겠지. 우리 터놓고 말해보자. 너 격투기 선수 맞냐?"

"제가 일이 바쁘다고 했잖아요."

"그건 그렇다 치고 전화는 왜 안 받아? 너 전화번호 일부러 잘못 가르쳐 준 거지?"

"전화했었습니까?"

"제프리 조던이 몇 번이나 전화를 해왔어. 시합 일정 언제 잡는 게 좋겠냐고!"

"시합 일정은 우리가 잡는다고 했잖아요."

"저번 시합이 대단했잖아. 그래서 그놈들이 몸살이 난 것 같더라."

강태산이 김 관장의 말을 듣고 슬그머니 웃음을 피어올렸다.

영어를 못하는 김 관장이 제프리 조던과 통화했다는 사실이 그를 웃음 짓게 만들었다.

"그사이 영어를 배웠나 보죠?"

"내가 이 나이에 왜 영어를 배워. 그놈들이 한국어를 배운 거지."

"제프리 조던이 한국말을 하던가요?"

"그럴 리가 있냐. 제프리 조던이 말하면 수화기에 대고 통역이 떠들더라."

"그랬군요."

"오랜만에 나타난 걸 보니 이제 조금 한가해진 모양이구나?"

"처리하던 일이 마무리되었습니다. 당분간 시간이 날 것 같아요."

"그럼 시합할 거냐?"

"합니다."

"언제?"

"이번 달 시합에 출전할 겁니다."

"장난하지 말고!"

"방금 전에 제프리 조던과 통화를 했어요. UFC 454에서 뛰겠다고 했습니다."

"이놈이 거의 두 달 만에 나타나서 싱거운 소리를 하고 있어. UFC 454는 20일 후에 벌어져. 대전표도 모두 확정되어 있는 상태란 말이다. 그런데 네가 거길 어떻게 나가."

"산체스의 상대가 부상을 입었어요. 나는 그 자리로 들어가서 싸우는 겁니다."

"그게… 정말이냐?"

"내가 언제 농담하는 거 봤습니까?"

강태산의 반문에 김 관장의 얼굴이 서서히 일그러지기 시작했다.

맞는 말이다.

강태산이 지난 5년 동안 빈말하는 걸 그는 본적이 없었다.

그랬기에 그의 입에서는 곧 따발총 같은 잔소리가 터져 나왔다.

"야, 인마. 내가 이래 봬도 명색이 매니전데 정말 이럴 거냐. 너 도대체 나한테 왜 이러는 거냐. 그런 중요한 일이 있으면 상의를 해야 되잖아. 산체스가 누군지나 알고 싸운다고 했어?"

"랭킹 10위라고 하더군요."

"UFC 라이트급은 맹수들이 우글대는 곳이야. 그곳에서 상위 랭커들은 누가 챔피언이 되어도 이상하지 않을 정도로 대단한 놈들이라고. 산체스가 비록 랭킹 10위지만 정말 무시무시한 놈이란 말이다. 잘못하면 너 죽을 수도 있어!"

"관장님, 혈압 올라가십니다. 진정하세요."

"지금 내가 진정하게 됐냐?"

"그 정도는 꺾어줘야 계약 기간 내에 챔피언이 될 수 있지 않겠습니까. 그러니까 걱정하지 마시고 산체스의 영상이나 구해 주세요."

"싫다. 네 마음대로 결정했으니까 네가 알아서 해. 난 몰라!"

"정말입니까?"

"이 웬수 같은 놈을 그냥 콱!"

"아버지, 웬만하면 참으시죠. 요즘은 선수를 폭행하면 언론이 그냥 있지 않아요."

"비켜 인마. 말 같은 소리 하지 말고."

김 관장이 번쩍 손을 치켜들자 중간에서 김만덕이 끼어들었다가 대신 얻어맞았다.

떡대가 워낙 좋았기 때문에 등짝을 두들기자 그의 몸에서 북 치는 소리가 나왔다.

조금 떨어져 있던 고등학생이 주춤주춤 다가온 것은 두 부자가 말도 안 되는 코미디를 계속하고 있을 때였다.

"정말… 이번 시합에 나가시는 건가요?"

*   *   *

최유진은 사무실에 앉아 있다가 전화를 받았다.

핸드폰에 찍힌 번호는 그녀가 만덕체육관에 첩자로 심어놓은 고등학생 서현교였다.

―누나, 강태산 선수가 오늘 체육관에 왔어요.

"정말이니?"

―오늘 3시에 와서 5시까지 훈련하다가 갔어요. 그런데요, 그 형이 이번 달에 있는 시합에 출전한대요.

"그게 무슨 소리니? 이번 달에 무슨 시합이 있는데?"

―그 형 UFC 소속이잖아요. 옆에서 들어보니까 UFC 454에 출전한다던데요.

서현교의 말에 최유진이 고개를 가로저었다.

뭔가 잘못 알고 있는 게 분명했다.

이미 UFC 454의 대진표는 확정되어 있었고 시합도 20일밖에 남지 않았기 때문이었다.

하지만 그녀는 서현교의 말을 곧장 부인하지 않고 조근조근 말을 이어나갔다.

"그건 누구한테 들은 거니?"

―강태산 선수하고 관장님이 이야기하는 걸 들었어요.

"혹시 상대가 누구라는 것도 들었어?"

―산체스라고 했어요. 랭킹 10위래요.

"그 말… 진짜지?"

―내가 뭐하러 거짓말하겠어요.

"그 사람 계속해서 체육관 나온다고 하디?"

―시합이 잡혔으니까 그럴걸요.

"현교야, 고맙다. 나중에 누나가 맛있는 거 사줄게. 대신 지금 한 말 누구한테도 말하면 안 돼. 알았지?"

최유진은 급하게 전화를 끊고 인터넷을 검색하기 시작했다.

서현교의 말에 신빙성을 확보하기 위해서는 UFC 454의 대진표를 다시 확인할 필요성이 있었다.

격투기 전문 기자답게 그녀의 컴퓨터에는 UFC의 홈페이지가 즐겨찾기돼 있었기 때문에 시간은 그리 오래 걸리지 않았다.

급하게 메인 카드에 올라와 있는 산체스의 경기를 확인하자 브람바의 이름이 눈에 들어왔다.

브람바는 브라질의 신성으로서 연전연승을 거두고 있는 강자였기 때문에 사람들은 산체스와의 경기를 무척 기대하고 있었다.

하지만, 그녀는 곧 대진표에서 시선을 돌린 후 선수들의 소식란을 검색했다.

서현교가 갑자기 전화를 걸어 거짓말을 할 리가 없다는 생각에 그녀는 브람바에 대한 기사를 샅샅이 훑기 시작했다.

그녀가 브람바의 갑작스러운 부상 소식을 찾아낸 것은 홈페이지의 가장 끝부분이었다.

뉴스를 읽으면서 그녀는 속으로 만세 소리를 열 번도 넘게 외쳤다.

뉴스에는 브람바의 부상으로 인해 현재 대체 선수를 물색하고 있다는 소식이 실려 있었던 것이다.

용돈을 쥐여주면서 첩자를 심어놓은 것은 강태산이 체육관에 나타났을 때 제일 먼저 달려가기 위함이었을 뿐인데 생각하지 못했던 특종을 듣게 되자 그녀는 자신도 모르게 환호성을 터뜨리고 말았다.

"무슨 일이야?"

"국장님, 특종이에요."

"특종이라니. 격투기 전문 기자한테 무슨 특종이 있어?"

최유진이 상기된 얼굴로 들어와서 특종 이야기를 꺼내자 국장이 피식 웃었다.

격투기가 요즘 인기를 얻어가고 있었지만 국내에서는 아직까지 다른 종목에 비해서 형편없기 때문이었다.

특종은 인기가 밑바탕에 있어야 생기는 법이다.

최유진이 국장에게 얼굴을 바짝 들이민 것은 국장의 태도가 마음에 들지 않았기 때문이었다.

"강태산 선수가 돌아왔습니다."

"그게 특종이냐?"

"그럴 리가요."

"그럼 뭐야. 그놈이 돌아온 거하고 특종하고 무슨 상관이 있어?"

"강태산이 이번 UFC 454에 출전한답니다."

"얘가 무슨 뚱딴지같은 소릴 하는 거야. 인마, 강태산은 그다음 시합에도 이름이 없어. 잘 알면서 왜 그래?"

"산체스의 상대였던 브람바가 부상을 당했어요. 아직 공식적으로 발표되지 않았지만 강태산 선수가 출전한대요."

최유진의 말에 그동안 시큰둥한 표정으로 있던 국장이 허리를 펴면서 눈을 빛냈다.

정말 그것이 사실이라면 충분한 특종감이었기 때문이었다.

하지만 역시 수십 년을 방송계에서 굴러먹은 강호의 늑대답게 국장은 확인 사살을 잊지 않았다.

"발표되지 않은 사실을 최 기자는 어떻게 알았지?"

"제가 심어놓은 스파이가 일을 냈어요. 오늘 강태산 선수가 체육관에 왔는데 그 일 때문에 김 관장하고 고성이 오고 갔다는 사실을 전해왔어요."

"그 스파이가 누군데?"

"만덕체육관 관원이에요. 스파이니까 실명은 못 밝혀요."

"어이구. 대단하십니다."

"어쩔래요?"

"뭘?"

"내일이면 다른 데서도 냄새를 맡을지 몰라요. 그러니까 우리가 먼저 일단 터뜨려요."

"아니면?"

"그게 걱정이세요? 요즘 시청률이 밀린다고 맨날 우리한테 신경질 내시더니 그런 말이 나와요?"

"인마, 우리 방송국이 어디 동네 방송국이냐. 사실이 아니면 우리는 엿 되는 수가 있어."

"그러니까 UFC 하이라이트 편성 때 자연스럽게 이야기하는 거죠. 그럴 가능성이 농후하다고 말하면 되지 않겠어요?"

"그게 특종이냐. 카더라 통신이지?"

"그럼 어쩌라고요!"

"네가 가서 사실을 확인해 와. 그럼 특종으로 인정해 줄 테니까."

*　　　*　　　*

김 관장은 강태산이 훈련을 마치고 돌아가자 샤워를 하고 김만덕과 함께 그들이 자주 가는 '나주집'으로 향했다.

나주집은 김치찌개를 일품으로 하는 식당인데 그들 부자는 이 집에서 대부분의 끼니를 해결한다.

집사람이 떠난 지 벌써 11년째.

위암으로 세상을 떠난 마누라의 음식 솜씨가 나주집의 아줌마와 많이 닮았다.

보글보글 끓어오르는 김치찌개를 보면서 김 관장은 자신의 앞에 놓여 있는 소주잔을 들었다.

그러고는 단숨에 마신 후 아들에게 잔을 내밀었다.

"한 잔 마셔라."

"예."

김 관장이 소주병을 들어 따라주자 김만덕이 고개를 돌린 후 홀짝 들이마셨다.

워낙 덩치가 크다 보니 소주를 마시는 속도도 눈부시게 빨랐다.

주량도 세다.

벌써 다섯 잔째였지만 김만덕의 얼굴색은 들어올 때와 하나도 변하지 않았다.

김만덕이 받았던 잔을 내밀며 술을 따라주자 김 관장의 얼굴이 애잔하게 변했다.

"만덕아, 내일이 네 엄마 기일이다. 알고 있어?"

"그럼요."

"보고 싶지 않냐?"

"왜 그러세요, 아버지. 새삼스럽게."

"난 보고 싶다. 사무치게 보고 싶어."

"…아버지."

"만덕아 나는 네 엄마를 고생만 시키다 보냈다. 그놈의 권투, 돈도 안 되는 그 짓을 하면서 속도 많이 썩였지."

"그만하세요. 아버지."

"너한테도 미안해. 그 흔한 학원 한번 보내지 못했으니 공부를 잘할 수가 있었겠냐."

"제 머리가 나빠서 그런 거죠. 원래 제가 공부는 죽기보다 싫어했잖아요. 아버지 잘못 아니에요."

"착하기만 한 놈 같으니라고."

"천천히 드세요. 오늘따라 너무 빨리 드시는 것 같아요."

김 관장이 다시 소주잔을 들어 한입에 마셔 버리자 김만덕의 얼굴에서 걱정이 떠올랐다.

매번 티격태격하지만 김 관장은 그의 유일한 혈육이었고 세상에서 가장 존경하는 아버지였다.

김 관장의 얼굴색이 무겁게 변한 것은 김만덕의 말을 듣고 난 후였다.

"만덕아, 태산이 말이다."

"예."

"그만 놔줘야 되지 않겠냐?"

"놔주다니요?"

"그놈은 그릇이 큰 놈이다. 나같이 능력 없는 사람이 맡을 놈이 아니야."

"무슨 말씀이세요?"

"투혼팀의 정 사장이 태산이를 원하고 있다."

"아버지, 그건 안 돼요."

"우리 욕심만 차릴 일이 아니야. 봐라, 태산이는 제대로 된 스파링 파트너도 없어서 훈련을 제대로 못 하고 있잖냐!"

"제가 죽도록 할게요. 몸이 부서지더라도 태산이 형 주먹을 맞을게요. 태산이 형이 가면 우리는……."

"정 사장이 우리 빚을 모두 갚아주겠다고 했지만 나는 그럴 필요 없다고 했다. 나는 자격이 없는 사람이야. 아무것도 해준게 없는 내가 어떻게 태산이 몸값을 받을 수 있겠냐. 그래서 나는 태산이를 아무런 조건 없이 보내줄 생각이다."

"그러지 마세요. 아버지, 태산이 형은 우리 가족 같은 사람이에요. 그러니까 제발… 그러지 마세요."

*　　　　*　　　　*

강태산은 다음 날 아침 일찍 체육관으로 나갔다.

격투기 선수들이 가장 강도 높게 훈련하는 것은 체력이었다.

5분 3라운드를 강력한 상대와 싸우며 버티기 위해서는 어떠한 기술보다 체력이 우선되어야 한다.

선수들이 시합을 앞두고 몇 달 동안 합숙 훈련을 하는 것은 그런 이유 때문이었다.

그런 면에서 봤을 때 강태산은 격투기 선수로서 엄청난 이점을 가지고 있었다.

오랫동안 연마해 온 현천기공은 그의 신체를 최적화시켜 일반인들이 상상하지 못할 정도의 체력을 축적하게 만들었고 피부를 강철같이 연마해 주었다.

현천기공이 지닌 무궁한 공능 중의 하나였다.

별도의 체력 훈련을 하지 않는 것을 보며 김 관장이 바짝바짝 애를 태웠으나 강태산은 평소에 하는 일이 체력을 증진시키는 것과 관계된 일이라며 태연하게 그를 안심시켰다.

처음에는 말도 안 되는 소리라고 고래고래 고함을 지르던 김 관장은 열한 번을 싸우면서 체력 때문에 고전한 적이 한 번도 없자 이제는 아예 체력 훈련 쪽은 스케줄에 넣지 않았다.

어쩌면 당연한 일인지도 몰랐다.

강태산은 어느 날 불쑥 나타나 시합 일정을 잡았는데 그 기간이 길어봐야 한 달이었다.

선수를 관리하는 김 관장의 입장에서는 펄쩍 뛸 일이었을 것이다.

그 기간 동안 상대방에 대한 장, 단점을 파악하고 그에 대한 전략과 대응 훈련만으로도 시간이 빠듯했으니 체력 훈련은 아예 생각할 엄두조차 내지 못하는 건 당연한 일이었다.

강태산은 김 관장이 상대에 대한 자료를 가져와서 분석해 주면 그걸 가지고 최적화된 훈련을 시작했다.

기술적으로 완성 단계에 들어와 있기 때문에 상대에 대한 분석만 끝나면 시합을 하는 데 아무런 지장이 없었기 때문이었다.

UFC에 들어가 첫 시합을 끝낸 후 모든 것을 잊고 오랜만에 편안한 숙면을 취할 수 있었다.

전사로서의 피가 들끓는 시합이었다.

확실히 UFC의 수준은 국내보다 두세 단계 위였다.

현천기공과 태을경공을 사용하지 않고 있는 그대로의 순수한 육체만 가지고 싸운다는 것은 결코 쉬운 일이 아니었다.

비록 체력과 오랜 전투 경험으로 상대의 공격 패턴을 알아채는 능력과 방어 기술이 뛰어나다고는 하나 현천기공과 태을경공이 없는 상태에서는 불쑥불쑥 들어오는 상대의 공격을 허용하는 경우가 있었다.

미켈슨과의 경기 때도 그랬다.

물론 사람들의 뇌리에 뼛속까지 각인시킬 시합을 완성시키고 싶어 최선을 다하지 않았지만 미켈슨은 그 틈을 이용해 치명적인 공격을 수시로 가해왔다.

그만큼 UFC에서 뛰고 있는 선수들의 격투 능력은 상당한 수준을 자랑했다.

굳이 비교를 한다면 죽문의 비호가 내력을 써서 덤빈다 해도 옥타곤 안에서는 미켈슨을 이길 수 없다.

미켈슨은 오랜 세월 동안 무예를 익혀온 비호조차 감당하지 못할 정도로 훌륭한 피지컬과 기술을 지닌 전사이기 때문이다.

산체스는 그런 미켈슨보다 한 단계 위의 기술과 전투 능력을 지닌 자였다.

남은 기간 동안 그동안 익혀왔던 기술들을 정교하게 다듬고 실전 훈련을 쌓아놔야 시합을 원만하게 이끌 수 있을 정도로 산체스는 UFC가 자랑하는 강자 중의 하나였다.

*   *   *

강태산이 체육관에 들어섰을 때 그를 맞아들이는 김 관장과 김만덕의 표정은 왠지 모르게 잔뜩 굳어 있었다.

그랬기에 강태산은 두 사람을 바라보며 불쑥 입을 열었다.

"뭡니까, 그 표정은?"

"아무것도 아니다."

"귀신을 속이시죠. 관장님 얼굴에 일이 났다고 써 있잖아요."

"태산아, 내가 할 말이 있다. 잠시 시간 좀 내자."

"우리가 내외하는 사이도 아닌데 어딜 가자고 그래요. 그냥 여기서 말씀하시죠. 혹시 만덕이가 들으면 안 되는 이야깁니까?"

"그건 아니다."

"그럼 말씀하세요. 괜히 분위기 잡지 마시고."

"좋다. 어차피 할 말이니까 그냥 하지. 이따가 오후에 투혼팀의 정 사장이 올 거다. 그러니 만나봐라."

"왜요?"

"내가 와달라고 했다."

"그러니까 왜 오라고 했단 말입니까?"

"너도 알다시피 여기서는 훈련이 안 된다. 솔직히 말해서 나는 너를 관리할 능력이 없는 놈이다. 태산아, 투혼팀으로 가라. 거기서 훈련해."

"무슨 소릴 하고 있어요. 갑자기 투혼에 가라니요?"

"투혼은 우리나라 격투기 쪽에서는 탑이다. 그쪽에는 네 스파링 파트너를 해줄 놈들이 쎄고 쎘어. 워낙 큰 회사라 외국에 나가는 스케줄과 언론 대응도 완벽에 가까울 정도로 좋다. 넌 아무것도 신경 안 쓰고 운동만 하면 돼."

"뭡니까, 혹시 날 판 겁니까?"

"인마, 날 뭐로 보고 그런 소릴 해!"

"나같이 뛰어난 선수를 넘길 때는 조건이 있었을 텐데요. 원래 프로에서는 이적료라는 게 있잖아요. 관장님 혹시 돈 받았습니까?"

"으… 귀신같은 놈. 하지만, 준다는 거 안 받았다."

"왜요?"

"너한테 해준 게 아무것도 없는데 내가 어떻게 네 몸값을 받아!"

"완전히 정의의 사도시네. 궁금해서 그러는데 투혼에서 내 몸값으로 얼마나 주겠다고 합디까?"

"1억 주겠다고 하더라."

"팔지 그랬어요. 1억이면 복권에 당첨된 거나 마찬가질 텐데."

"이놈아. 넌 내가 도둑놈으로 보이냐?"

"비슷하게는 생겼죠."

"장난하지 말고 좀 심각하게 생각해. 네 앞날을 위해서도 거기로 가는 게 맞아."

"관장님 난 앞날이 없는 놈입니다. 하루하루 그저 멋지게 살겠다는 생각뿐이라고요. 그러니 우리 훈련이나 합시다."

"그냥 좀 가라. 나도 마음 좀 편하게 살자!"

"관장님 돈 없죠?"

"그래, 없다."

"그런데 나보고 가라니요. 혹시 내 돈 떼먹으려고 그러는 거 아닙니까?"

"으……."

"난 내 돈 받을 때까지 절대 못 갑니다. 매니저 해서 내 돈 꾸역꾸역 다 갚으세요. 만덕아!"

김 관장이 인상을 쓰면서 신음을 흘리자 강태산이 옆에서 안절부절못하고 있던 김만덕을 불렀다.

그는 아버지인 김 관장이 어젯밤 끝내 투혼팀의 정 사장에게 전화하는 걸 지켜보며 절망에 젖어 한숨도 잠을 이루지 못했다.

"응… 응?"

"너도 나를 보내고 싶냐?"

"아니지. 난 절대 아니야. 난 형이 가면 죽을지도 몰라. 상사병 걸려서."

"지랄… 넌 그 오버하는 것 때문에 여자를 못 사귀는 거야, 인마."

"정말이야, 가슴속에 있는 형에 대한 사랑을 꺼내서 보여줄까. 칼 어딨냐. 일단 갈라놓을 테니까 형이 119 불러줘."

"얼씨구."

"뭐가 얼씨구야. 그럼 나보고 그냥 죽으란 거야?"

"까불지 말고 보호 장구나 챙기고 있어. 몸 좀 풀고 스파링할 테니까."

최유진이 빼꼼 얼굴을 내밀며 조심스럽게 들어온 것은 강태산이 김만덕을 반쯤 죽여놓은 채 링에서 내려왔을 때였다.

여전히 아름다운 모습.

야구계를 평정하다시피 했던 그녀의 미모는 체육관을 환히 비출 만큼 대단한 것이었다.

하지만, 강태산을 바라보며 다가오는 그녀의 발걸음은 더없이 긴장돼 있었다.

"강태산 선수, 안녕하세요."

"최 기자, 오랜만이네요?"

강태산이 빙긋 웃자 최유진이 자신의 가슴을 쓸어내렸다.

혹시라도 예전처럼 차갑게 대하면 어쩌나 하는 생각에 이곳에 오기까지 계속 고민을 했기 때문이었다.

강태산은 그녀의 인생에서 처음 보는 냉혈한이었다.

살아오면서 타고난 미모로 인해 언제나 남자들에게 사랑과 동경을 받아왔던 그녀에게 강태산은 괴물이나 다름없는 인간이었다.

"지금 쉬는 시간인가요?"

"그렇습니다."

"그럼 이것 드세요. 혹시 해서 시원한 음료수 사 왔거든요."

강태산이 순순히 대답을 해주자 그녀가 급히 들고 있던 비닐봉지에서 음료수를 꺼냈다.

음료수는 금방 냉장고에서 가져왔는지 물방울이 송글송글 배어 있었는데 스포츠 선수들이 즐겨 마시는 이온 음료였다.

그녀의 고운 손에 의해 전해진 음료수를 받은 강태산은 웃음을 지우지 않은 채 뚜껑을 열고 단숨에 들이켰다.

목울대의 움직임.

땀에 흠뻑 젖은 채 고개를 젖히고 음료수를 마시는 강태산의 모습에서는 야성미가 물씬거리며 흘러나오고 있었다.

그 모습을 멍하니 바라보던 최유진의 입이 슬쩍 열린 것은 자신의 본분을 잊지 않았기 때문이었다.

"그동안 강 선수를 만나기 위해 여러 번 왔었어요. 저번에 미국에서 돌아오실 때는 공항에도 갔었고요."

"나 좋아합니까?"

"예?"

"좋아했으니까 찾아왔겠죠. 공항까지 온 걸 보니 나를 무척 좋아하는 모양이네요."

"아니… 그게……."

어쩐지 고분고분하더라 했다.

강태산이 말도 안 되는 소리를 하면서 자신을 보고 웃음을 짓자 최유진의 입이 삽시간에 굳어졌다.

이 남자는 자신을 가지고 노는 게 즐거운 모양이었다.

보통의 남자라면 농담으로 취급하고 유쾌하게 받아들일 수 있었겠지만 강태산에게만큼은 이상하게 그럴 수가 없었다.

그랬기에 그녀는 한숨을 길게 들이마셨다.

"절 놀리는 게 재밌어요?"

"왜요, 또 화났습니까?"

"당신, 정말 너무해요."

"아니면 그만이지 뭘 그렇게 예민하게 반응합니까. 사람마다 착각할 수 있는 거지."

강태산이 뻔뻔하게 말을 하자 최유진이 잠시 눈을 감았다가 떴다.

그런 후 마음을 가라앉히고 질문을 했다.

"이번 UFC 454에 출전하는 게 맞는지 알고 싶어서 왔어요."

"내가 좋지도 않다면서 그게 왜 궁금합니까?"

"강태산 씨, 저는 기자예요. 그러니 제발 정중하게 대해주시면 안 돼요?"

"싫습니다."

"왜죠?"

"당신이 너무 예쁘니까. 아무리 기자라도 예쁜 여자에게는 남자들 가슴이 설레잖아요."

"강태산 선수가 그렇다는 건가요?"

"아뇨, 난 당신을 보면 놀리고 싶어집니다. 설렘과는 조금 다른 거죠."

"처음과 조금도 변하지 않았군요. 당신은……."

"손톱 세우면 난 또 도망갈 겁니다."

그녀가 화를 참고 고개를 숙이자 강태산이 뒤쪽으로 한발 물러서며 진한 웃음을 지었다.

그러자 최유진이 또다시 한숨을 길게 내리쉰 후 겨우겨우 입을 열었다.

"가르쳐 주세요. 시합에 출전하는 거 맞아요?"

"그게 그렇게 중요합니까?"

"솔직하게 말씀드리면 강태산 선수의 근황은 우리에게 특종이나 다름없는 거예요. 이 사실을 직접 인터뷰해 가면 저는 회사에서 아주 많은 칭찬을 받게 돼요. 그러니까, 도와주세요."

"그럼 특종을 터뜨리면 회사에서 보너스도 줘요?"

"아뇨, 그건 아직… 우리나라는 격투기가 그렇게 인기 있는 편이 아니라서요."

"그렇군요. 좋습니다. 가르쳐 주죠. 대신 우리 체육관 살림이 어려우니까 점심 사세요. 보너스도 못 받는다니까 싼 걸로 먹죠. 어떻습니까, 이 제안은?"

"정말… 인가요?"

*   *   *

체육관 식구들과 최유진이 점심 식사를 하기 위해 간 곳은 삼겹살을 파는 집이었다.

처음 말과는 다르게 공짜는 무조건 비싼 걸 먹어야 된다며 강태산이 체육관과 가까이 있는 식당으로 가자고 우겼던 것이다.

일행이라 봐야 넷이 전부였기 때문에 탁자는 하나면 충분했다.

김 관장은 강태산이 예쁜 기자와 함께 점심을 먹자고 하자 쌍심지부터 켰다.

혹시나 하는 마음 때문이었다.

여자한테 홀려서 시합을 망친 선수들을 여러 명 봤기 때문에 김 관장은 선수가 시합 전에 여자와 사적인 자리를 함께하는 걸 무척이나 경계했다.

최유진이 궁금증을 참지 못하고 입을 연 것은 삼겹살이 주문되어 철판에서 지글지글 익어갈 때였다.

"시합에 출전하는 거 맞나요?"

"맞습니다."

"브람바 선수의 대체로요?"

"그렇습니다."

"그 사실은 언제 결정된 건가요?"

"어제 결정되었습니다. 그런데 나도 한 가지 물읍시다. 아무에게도 말하지 않았는데 최 기자는 어떻게 안 겁니까?"

"…저에게 용한 정보통이 있어요……."

　갑작스러운 질문에 최유진이 더듬거리며 대답을 하자 강태산의 얼굴이 열심히 삼겹살을 먹고 있는 김만덕에게 향했다.

"너냐?"

"난 절대 아냐. 생사람 잡지 마!"

"전력이 있잖아, 인마."

"그때 이후로 최 기자님이 세 번 찾아왔지만 형에 대해서는 입도 벙긋하지 않았다. 최 기자님, 뭐 하세요. 제가 이렇게 억울한 누명을 쓰고 있는데 가만있으면 어떡해요!"

"김 코치님은 아니에요."

"둘이 짰나 보네."

"정말 아니라니까요."

"그렇다고 칩시다. 다음 질문."

"갑작스러운 출전이잖아요. 훈련량이 너무 부족할 텐데 무리한 출전 아닌가요?"

"괜찮습니다. 이 시합은 내가 이깁니다."

강태산이 여전히 싱그러운 웃음을 지은 채 자신 있게 대답하자 최유진이 눈을 동그랗게 떴다.

대답이 너무 과했기 때문이었다.

최선을 다한다는 등 두루뭉술한 대답을 해야 할 타이밍이었으나 강태산은 무식할 정도로 자신 있는 대답을 했다.

그랬기에 그녀는 조심스럽게 다음 질문을 이어나갔다.

"정말 대단한 자신감이네요. 혹시 이유라도 있나요?"

"내가 산체스보다 강하기 때문입니다."

"산체스 선수는 타격기가 UFC 최고 수준이라 알려져 있어요. 이번에도 인파이팅을 하실 건가요?"

"나는 오로지 앞으로 전진하는 것만 아는 사람입니다. 상대가 누구든 상관없습니다."

"이제 시합이 20일밖에 남지 않았는데 언제 출국하세요?"

"10일 후에 떠날 생각입니다."

"그게 무슨… 시차 적응을 하려면 일찍 가서야 되는 거 아닌가요?"

"부득이한 일이 있어서 어쩔 수가 없습니다."

"컨디션 조절이 쉽지 않을 텐데요. 시합에 지장을 줄까 봐 걱정이 되네요."

"저번 시합에도 일주일 전에 출국했었습니다. 그러나 시합은 내가 이겼죠. 이번에도 그럴 테니 걱정 안 해도 됩니다."

"아……."

"나는 체질상 시차에 대해서 그렇게 민감하지 않습니다."

"미켈슨과의 시합이 워낙 명경기라 이번 시합은 국내에서도 생방송으로 중계되는데 팬들에게 한 말씀 해주세요."

"그런 건 낯 뜨거워 못 하는 성격입니다. 최 기자님이 알아서 써주시죠."

"알겠어요. 휴… 인터뷰해 주셔서 고맙습니다."

긴장된 모습으로 거의 20여 분간 인터뷰를 마친 최유진이 고개를 숙여 묵례를 했다.

안도의 한숨.

그녀는 이렇게 강태산과의 인터뷰를 쉽사리 하게 될 줄 예상하지 못했던 모양이었다.

그러나 그녀를 더욱 놀라게 만든 것은 빤히 바라보며 꺼낸 강태산의 마지막 말 때문이었다.

"앞으로 격투기는 대한민국 전체를 열광시키게 될 겁니다. 내가 그렇게 만들 테니까요. 내 말이 사실인지 아닌지 지켜보세요."

"그렇게 되면 정말 좋겠어요."

"앞으로 나와 관련된 기사는 최 기자에게 먼저 주겠습니다. 그동안 놀려먹은 게 있으니까 보답을 해주고 싶습니다. 대신 종종 이렇게 밥이나 사세요."

"…정말인가요?"

"당연히, 농담입니다."

*   *   *

강태산은 오후 훈련을 마치고 일찍 집으로 들어갔다.

하루의 훈련량은 대략 5시간에 불과했기에 아직 날이 어두워지기 전이었다.

5일 동안 그는 기술적인 부분을 보강하면서 적의 강점을 방어하고 약점을 공략하는 훈련에 집중했다.

앞으로 시간은 15일이나 남았으니 산체스와의 시합을 준비하는 건 어려운 일이 아니었다.

집으로 돌아오자 권 여사가 반갑게 그를 맞이했다.

"너는 출장을 안 가면 한가한가 봐. 어떻게 6시 땡 하면 집에 들어오니?"

"여행사가 원래 그래요."

"옷 갈아입고 씻어. 애들 다 오면 밥 먹자."

"예."

"오빠, 왔어?"

권 여사에게 대답을 하고 돌아서는 순간 건넌방 문이 열리며 은영이 머리만 내민 채 물어왔다.

역시 대학생이라 그런지 은영의 행적은 자유분방하다.

"오늘은 데이트 없냐?"

"히힛, 맨날 데이트하면 신비로움이 없어요. 가끔가다 만나줘야지 남자한테 몸값이 올라가는 거 아니겠어?"

"대단하십니다."

"그런데 오빠는 왜 맨날 일찍 들어오냐. 그 언니랑 잘 안 돼가?"

"내일 만나기로 했다. 나도 같은 생각이야. 남자가 맨날 만나자고 하면 몸값이 떨어지잖아. 여자가 오래 기다리도록 해야지 남자 귀한 줄 알거든."

"이런 된장."

강태산의 말에 은영의 얼굴이 구겨졌다.

하여간 말로서는 절대 안 진다는 걸 새삼 느끼는 얼굴이었다.

현수는 고3이 되자 얼굴 구경하기가 하늘의 별 따는 것처럼 힘들어졌다.

매일 저녁 11시가 넘어 집으로 들어오기 때문에 현수를 볼수 있는 시간은 일요일 아침이 전부였다.

강태산도 그런 과정을 거쳤다.

시골에서 자란 그가 명문대에 입학하기까지의 과정은 누구보다 치열했고 힘든 것이었다.

은정이가 회사에서 돌아온 것은 7시가 조금 넘었을 때였다.

요즘 들어 은정이는 조금 힘들어하는 것 같았다.

강태산은 그 이유를 알지만 전혀 내색하지 않았다.

예쁜 동생의 마음을 아는 체하는 순간 모든 것은 허사가 되고 만다.

그녀와 있을 때 강태산은 민다영의 매력을 자랑하듯 떠들었다.

예쁘고 현숙해서 동생들과는 비교가 되지 않는다며 만날수록 점점 사랑스러움을 느낀다고 거품을 물었다.

그럴 때마다 은정의 얼굴은 어두워졌고 굳어져 갔다.

가슴이 아려왔으나 과정이다.

이런 시간이 조금만 더 계속된다면 은정은 자연스럽게 자신에 대한 마음을 접게 될 것이다.

여자들과의 대화는 언제나 시끄럽다.

권 여사를 비롯해서 두 여동생은 식탁에 앉으면 강태산의 일과를 심문하는 게 습관이 된 지 오래였다.

먼저 포문을 연 것은 은정이었다.

"오빠는 오늘도 일찍 들어왔네. 출장 안 가면 보통 뭐 하나?"

"다음 출장 가는 곳에 대해서 공부도 하고 스케줄도 작성하지."

"언제 가는데?"

"다음 주에."

"하긴 갈 때도 되었다. 한 달에 한 번씩은 꼭 자리를 비우는 구만."

"먹고살아야지."

"오빠, 여행 그렇게 많이 다니면 지겹지 않아?"

중간에서 치고 들어온 은영이 반짝이는 눈을 한 채 물어왔다.

그녀의 로망은 여행이었지만 옆에서 강태산의 모습을 지켜보면서 질린다는 말을 수시로 하고 있었다.

일 년의 반을 외국에서 살아가는 강태산은 집으로 돌아올 때마다 힘들어 죽겠다는 말을 입에 달고 살았기 때문이었다.

그로 인해 은영의 로망은 점차 식어가는 중이었다.

"나도 내가 왜 직업을 여행사로 잡았는지 모르겠다. 정말 지금 생각해도 바보 같은 짓이었어."

"오빠는 전자공학을 전공했으면서 왜 여행사를 택한 거냐?"

"너처럼 나도 외국 여행에 대한 로망이 있었거든. 내 꿈이 죽기 전에 가봐야 할 여행지 100선을 모두 가보는 거였어. 지금까지 35곳을 다녔는데 벌써 지치네."

"내가 봐도 힘들어 보인다."

은영이 이해가 된다는 듯 혀를 차면서 밥그릇에 숟가락을 보냈다.

그녀를 따라 강태산이 자신의 숟가락을 놀렸다.

그러나 그는 밥을 한술 뜬 후 또다시 입을 열어야 했다.

이번에는 권 여사가 나섰기 때문이었다.

"다음 주에 가는 곳은 어디니?"

"여러 곳에 가야 해요. 미국의 그랜드캐니언을 포함한 일정이 있고 그 일이 끝나면 곧장 남미 쪽으로 이동해야 될 것 같아요."

"고생이다. 그렇게 바빠서 다영이는 언제 만나냐. 빨리 진도를 나가서 결혼을 해야 할 텐데 걱정이다."

"자기는 괜찮으니까 신경 쓰지 말라고 했어요. 그 사람도 일찍 결혼할 생각이 없대요."

"말이 그렇겠지. 여자는 나이가 차면 결혼하고 싶은 거야."

"엄마, 오빠 같은 사람이 그런 걸 신경이나 쓰겠어? 그 언니가 아무리 눈치를 줘도 모를걸?"

"몰라서 그러는 게 아니라 내가 전혀 준비가 안 돼서 그런 거다. 힘들다고!"

"그 언니 선생님이라는데 뭐가 힘들어. 같이 벌어서 알콩달콩 살면 되지."

"싫다. 나는 연애를 오래 하고 나서 생각나면 결혼할 거다."

"이런, 나쁜 오빠 같으니라고."

"나쁜 남자가 매력 있다고 네가 그랬잖아!"

"이씨. 그건 그냥 해본 소리지!"

"그래? 난 그걸 철썩같이 믿고 있었는데… 넌 왜 나같이 순진한 사람한테 그런 거짓말을 해."

"거짓말이라기보다는… 음… 몰라. 하여간 금방 결혼할 거 아니면 그 언니 괴롭히지 마라. 책임질 일 하지 말라고!"

"무슨 책임질 일?"

"쯧쯧쯧… 저렇게 어려서야… 그런 말뜻도 모를 정도니 어떻게 해. 내가 엄마 앞에서 꼭 19금 얘길 해야겠냐. 척 하면 착. 한 마디 하면 알아들어야지. 바보 같은 오빠야."

"흥, 어린것이 별소리를 다 하네."

"내가 왜 어려. 대학생인데. 나도 내년만 되면 대학 졸업하고 병원에 취직한다."

"잘나셨어. 너나 조심하세요, 이 양반아."

*   *   *

민다영을 만난 것은 오전 10시였다.

오늘은 훈련을 쉬겠다고 말하자 김 관장은 펄쩍펄쩍 뛰면서 신경질을 냈지만 강태산은 인생에서 가장 중요한 일이 생겼다는 말로 하루를 제쳤다.

이전에 했던 약속을 잊지 않은 듯 민다영은 청바지에 티를 입은 간편한 차림으로 나왔다.

하긴 야외로 놀러 가기에는 최적의 복장이었다.

"오늘도 예쁘네요."

"호호… 고마워요. 태산 씨도 멋져요."

"쑥스럽습니다. 남들이 들으면 닭살 돋을 것 같은데요?"

"그럴까요?"

"그럼요. 내가 하면 로망이지만 남들이 하면 불륜이라잖아요. 타시죠, 오늘은 세상에서 제일 안전하게 모시겠습니다."

"고마워요."

강태산이 차의 문을 열어주자 민다영이 운전석 옆자리에 올라탔다.

약속한 대로 오늘은 에버랜드를 갈 예정이었다.

그동안 다섯 번의 데이트를 했지만 야외로 나가는 것은 이번이 처음이라 그런지 민다영의 얼굴은 조금 상기되어 있는 것 같았다.

그러나 차는 서울을 벗어나기 전부터 막히기 시작하더니 영동선으로 들어서자 꼼짝하지 않을 정도였다.

토요일의 대한민국 고속도로는 아직도 굼벵이가 움직이는 것만큼 정체되어 있었다.

그래도 혼자가 아니었기에 다행이다.

민다영과 함께하는 여행은 차량 정체로 인해 기어가는 것처럼 움직였지만 지루하지 않았다.

그녀는 오늘 작정을 한 듯 그동안 궁금해하던 것들을 물어오기 시작했는데 그중에는 대답하기 곤란한 것들도 포함되어 있었다.

"태산 씨, 여행사 외에 두 가지 일을 더 한다고 했는데 그게 뭐예요?"

"그건… 지금은 말씀드리기 곤란해요."

"혹시 나쁜 일이거나 그런 건 아니죠?"

"제가 범죄자처럼 생겼어요?"

"아뇨."

"그런데 왜 그런 말씀을 하세요."

"불안해서요. 태산 씨는 다른 남자들과 다른 것 같아요."

"어떤 부분에서 그렇죠?"

"전화도 가뭄에 콩 나듯 하고 만나는 것도 힘들잖아요. 데이트를 하다가 중간에서 일어나는 경우도 있었고요."

"하긴 다영 씨 입장에서는 그럴 만도 하네요."

"정말 말해줄 수 없는 건가요?"

"저는 다영 씨에게 거짓말을 하고 싶지 않습니다."

"휴… 알았어요."

"고맙습니다. 이해해 줘서."

"이해한 것 아니에요. 참는 거지."

"그래요? 그럼 참아줘서 고맙습니다."

"처음에는 말 잘 못 하는 줄 알았는데 아니네요. 태산 씨는 유머 감각도 있는 거 같아요."

"그런가요?"

"그런데 이상하게 시간이 갈수록 한 줄기 바람처럼 느껴져요. 어느 순간 훅 하고 사라지는 바람이요."

"그건 또 무슨 말이죠?"

"그냥 제 느낌이 그래요. 태산 씨 전화를 기다리다 보면 문득 문득 그런 생각이 들어요."

"미안합니다. 성격이 원래 세심하지 못해서 다영 씨의 마음을 헤아리지 못한 것 같습니다. 다음에는 열심히 전화하겠습니다."

"다음이라뇨?"

"제가 다음 주부터 출장을 가게 되었거든요. 출장 갔다 오고 나서는 전화 열심히 하겠습니다."

"무슨 출장을 또 가요?"

"해외여행 담당이라 어쩔 수가 없네요."

"그럼 또 춘향이처럼 기다리고 있어야 돼요?"

"몽룡이처럼 늦지는 않을 겁니다. 길어야 보름이니까 기다려 줘요."

"어쩌죠? 친구들한테 태산 씨 소개시켜 준다고 했는데 큰일 났네요."

"언제요?"

"다음 주에요. 친구들이 난리가 아니에요. 제가 남자친구 생겼다고 하니까 소개하라고 성화가 장난이 아니라서 견딜 수가 없었어요."

"친구들에게 말하세요. 제가 출장에서 돌아오면 최고급으로 모신다고요. 그러니까 조금만 연기해 줘요."

"할 수 없죠. 뭐, 연기할게요. 하지만 최고급 집에서 밥 살 생각은 하지 마세요. 괜히 돈 쓸 필요 없어요. 걔들은 그냥 생맥주만 사줘도 고마워할 거예요."

＊　　　＊　　　＊

뭔가를 준비하는 사람에게는 시간이 화살처럼 지나간다.

5일이란 시간은 순식간에 지나갔고 강태산은 미국으로 가는 비행기에 몸을 실었다.

같은 장소.

라스베이거스의 만델레이베이 이벤트 센터.

UFC는 특별 이벤트로 지정되어 각국을 돌아다니며 치르는 시합을 제외하고는 대부분 이곳에 전쟁터를 마련한다.

미국에 도착하자 극동 스카우트 담당인 리키 루비오가 마중을 나와 있었다.

"어서 오시오."

"나와주셔서 감사합니다."

"차를 대기시켰습니다. 호텔을 잡아놨으니 그쪽으로 가십시다."

리키 루비오가 공항 창문밖에 서 있는 검은색 승용차를 가리켰다.

세상 참 금방 변한다.

데뷔전에서는 신경조차 쓰지 않던 자들이 자신이 만들어놓은 한차례의 명경기로 인해 VIP 대접을 해주고 있었다.

그러나 막상 호텔에 도착해 보니 자신의 판단이 얼마나 서툴렀는지 알게 되었다.

프린스호텔.

물론 호텔은 맞지만 최고급 호텔과는 거리가 있는 곳이었다.

만약 그가 현 챔피언 맥도웰이었다면 UFC에서는 라스베이거스에서 가장 고급 호텔로 알려진 제임스로열호텔로 안내했을 것이다.

하긴 한편으로 생각해 보면 충분히 그럴 만도 하다.

아무리 명경기를 만들어냈다 해도 이제 갓 데뷔전을 치른 루키에게 최고급 대우를 해준다는 건 말도 되지 않는 일이다.

짐을 풀고 나서 리키 루비오는 남은 기간 동안 훈련할 수 있는 장소까지 알려주었다.

이것 또한 예전과는 달라진 것이었다.

대충 그에게 장소와 훈련 시간을 전해 받은 강태산은 그가 모든 임무를 마친 듯 돌아가기 위해 몸을 일으켰을 때 무겁게 입을 열었다.

"리키, 한 가지 부탁할 게 있습니다."

"부탁이라고요? 말하세요. 우리가 들어드릴 수 있는 건 모두 해드리겠소."

"UFC 455가 다음 달 일본에서 벌어진다고 들었습니다. 이번 시합에서 내가 이긴다면 요시다와의 시합을 추진해 주십시오."

"미스터 강. 요시다의 상대는 이미 결정되어 있습니다. 그건 불가능한 일입니다."

"어려운 거 압니다. 하지만 내가 그의 상대가 된다면 UFC 455는 엄청난 흥행 돌풍을 일으키게 될 겁니다."

"재밌는 이야기군요."

"시합이 성사된다면 UFC 쪽도 커다란 돈을 만질 수 있을 거요. 그러니 잘 생각해 보시기 바랍니다."

강태산이 말을 마친 후 이를 내보이자 리키 루비오의 표정이 굳어졌다.

상품성이 있는 것은 안다.

미켈슨을 때려잡은 강태산의 저돌적인 인파인팅은 관중들의 피를 뜨겁게 만들만큼 충분히 매력적인 것이었다.

그러나 이번 시합의 상대는 산체스였다.

산체스는 미켈슨과는 비교조차 되지 않을 정도로 강자였고 타고난 타격머신이었다.

그런 선수와 상대하기 위해서는 오래전부터 철저하게 준비를 해야 했지만 강태산은 불과 20일 전에 대타로 시합에 출전하는 놈이었다.

다시 말해서 시합하다가 죽을지도 모른다는 뜻이다.

준비가 되지 않은 채 대타로 링에 오른 선수들은 많았지만 그들 중 걸어서 옥타곤을 나온 자는 거의 없었다.

옥타곤은 피와 땀으로 점철된 훈련 없이 오를 경우 지옥의 링으로 변하기 때문이다.

만약 어찌어찌해서 운이 좋게 강태산이 이겼다 해도 회복할 시간조차 없이 요시다와 대전을 하겠다는 건 미친 짓이나 다름없는 것이었다.

일본에서 UFC 455을 개최하게 된 것은 라이트급 5위에 올라 있는 요시다의 상품성이 그만큼 크기 때문이었다.

요시다는 현재 21승 2패를 기록하고 있었고 일본에서는 유일하게 UFC 차기 챔피언으로 손꼽히는 히어로였다.

그리고 현실도 그랬다.

요시다가 다음 시합에서 승리를 한다면 챔피언인 맥도웰의 상대가 될 가능성이 컸다.

하지만, 리키 루비오는 자신을 바라보는 강태산의 가라앉은 눈을 바라보며 의미심장한 미소를 지었다.

맞는 말이다.

만약 이번 경기에서 강태산이 저번처럼 미친 경기력을 보여준다면 요시다와의 대전은 UFC로 봤을 때 엄청난 흥행을 기록하게 될 가능성이 컸다.

한국과 일본이라는 두 나라의 국민적 감정뿐만 아니라 강태산과 요시다라는 두 선수의 경기력이 그만큼 탁월했으니 매치만 성사된다면 흥행은 보장된 것이나 다름없었다.

UFC는 영리 단체이며 돈을 먹고 사는 집단이다.

흥행만 보장된다면 무슨 일이라도 한다는 뜻이다.

그랬기에 리키 루비오는 천천히 강태산을 향해 마지막 인사를 남겼다.

"이번 시합이 멋진 경기가 되기를 바라겠소. 당신이 이긴다면 회장님과 상의해 보리다."

*   *   *

강태산은 남은 기간 동안 훈련에 매진했다.

김만덕은 강태산이 투혼팀에 가지 않고 체육관에 남기로 하자 어디서 그런 힘이 생겼는지 시차에 지친 몸을 이끈 채 링에 올라 샌드백이 되어주었다.

그의 몸무게는 95㎏이 넘었기 때문에 체급으로 따지면 헤비급이다.

하지만, 훈련이 끝나면 그는 언제나 링에 쓰러져 일어나지 못했다.

온몸에 잔뜩 보호구를 착용했어도 교묘하게 날아드는 강태산의 주먹은 충격을 주기에 충분했고 체력이 고갈되면서 김만덕은 초주검이 되곤 했다.

그럼에도 그는 다음 날이면 언제 그랬냐는 듯 벌떡 일어나 강태산의 훈련을 도왔다.

몇몇의 외신 기자들이 그의 훈련 장소에 와서 인터뷰를 요청

했지만 강태산은 거들떠보지도 않았다.

심심풀이 땅콩처럼 접근하는 그들에게 시간을 할애하고 싶은 마음이 전혀 없었기 때문이었다.

아직도 그들은 강태산을 풋내기로 여기고 있었다.

강자라고 알려진 산체스를 처음 만난 것은 미켈슨전처럼 계체량을 측정할 때였다.

무표정한 얼굴.

그의 별명은 '아이언 맨'이었는데 별명처럼 강태산을 바라보는 산체스의 표정에는 아무런 표정 변화가 없었다.

오히려 그것이 미켈슨보다 훨씬 강하다는 인상을 받게 만들었다.

좌우에서 나온 강태산과 산체스가 모두 한계체중을 통과하고 단상에서 마주했을 때 기자들의 플래시가 사방에서 터져 나왔다.

데뷔전 때와는 또 다른 반응.

이번 경기에 대한 기대감이 꽤나 크다는 뜻이다.

산체스가 불쑥 입을 연 것은 주먹을 들어 기자들에게 포즈를 취한 직후였다.

그의 목소리는 표정처럼 무척이나 건조했다.

"싸울 수 있겠나?"

"무슨 소리냐?"

"갑자기 링에 오르기 때문에 묻는 것이다. 난 네가 준비되지 않은 채 링에 오르는 것이 걱정된다."

"걱정할 필요 없어. 충분히 준비했으니까."

"그렇다면 다행이다."

산체스의 얼굴은 무표정이었으나 눈은 진심을 말하고 있었다.

그랬기에 강태산은 빙긋 웃으며 그의 말에 적의를 나타내지 않았다.

강자로서의 여유였을까.

아마도 그랬을지 모른다.

산체스는 MMA 전적이 무려 34전이나 되는 베테랑이었다.

UFC에 입성하고도 14승 2패를 기록하고 있었는데 2번의 패배는 현 챔피언인 맥도웰과 주짓수의 마술사라고 불리는 폴 마크에게 당한 것이었다.

두 번 다 그라운드 기술에 의해 진 시합이었지 타격에 의해 진 것은 아니었다.

더군다나 14승 중 10번을 KO로 장식할 만큼 펀치력도 뛰어난 선수였다.

격투기 팬들이 그를 보고 타격기계라고 부를 만큼 산체스는 정교한 타격술을 자랑했다.

다만 한 가지 흠이라면 아웃파이터기 때문에 인기가 덜하다는 것이었다.

빠른 발을 이용해서 상대를 괴롭히며 시합을 이끌기 때문에 관중들을 열광시키기에는 부족함이 있었다.

하지만, 상대하는 선수에게는 가장 까다로운 타입이다.

자신은 맞지 않는 거리에서 장거리 타격을 가해오는 그를 잡기 위해서는 무리를 할 수밖에 없다.

그에게 KO를 당한 선수들 대부분은 산체스의 외곽 공격을 뚫기 위해 저돌적으로 돌진하다가 당한 것이었다.

"태산아, 잊지 마. 산체스를 잡기 위해서는 무조건 발을 묶어 놔야 해. 그러니까 기회가 날 때마다 복부를 두들겨야 한다."

"알겠습니다."

"놈은 킥복싱에 특화된 놈이니까 다리를 공격하는 건 효과가 별로 없을 거다. 파고들면서 레프트 보디가 즉효약이야."

"그러죠."

"그래도 안 되면… 그라운드 기술을 쓰자. 놈은 그라운드 기술이 약해. 불리해지면 그걸로 끝내자고……."

김 관장이 슬며시 제안을 하다가 강태산이 쓴웃음을 짓자 말끝을 흐렸다.

강태산은 지금까지 그라운드 기술을 쓴 적이 없었다.

그렇다고 주짓수 기술이 맹탕인 것도 아니었다.

그의 주짓수 능력은 국내에서 최고 수준을 자랑한다는 김태랑보다 떨어지지 않을 정도로 뛰어났다.

그런 놈이 언제나 타격전을 벌이는 게 이해가 되지 않았다.

강태산은 인파이터였다.

인파이터의 무서운 점은 돌진력에서 비롯되는 강력함이었고 그런 강력함에 태클이 더해진다면 무시무시한 위력을 나타내게 된다.

그러나 강태산은 기회가 있어도 상대를 바닥으로 끌어내리지 않았다.

강태산은 그라운드에 대한 트라우마 같은 것이 있어 보였다.

아나나 다를까.

강태산은 그의 말을 듣자마자 고개부터 흔들었다.

"관장님, 오늘도 그라운드 기술은 쓰지 않을 겁니다."

"도대체 왜!"

"이번 경기를 명경기로 만들어야 하니까요. 우린 돈을 벌어야 되잖습니까. 빨리 유명해져서 돈 많이 법시다."

"인마, 이겨야 돈을 벌든가 말든가 하지!"

"이깁니다. 걱정하지 마세요."

"어이구, 내 팔자야."

김 관장이 자신의 가슴을 주먹으로 소리 나게 때렸다.

가장 효율적인 작전을 선수가 받아들지 않겠다고 하니 답답해서 미치겠다는 얼굴이었다.

그럼에도 옆에 있던 김만덕은 천연덕스러운 표정으로 강태산에게 바나나를 내밀었다.

"그래, 형 생각대로 타격으로 가라. 그런 아웃파이터는 형처럼 화끈한 인파이터에게는 쥐약이니까 형 마음대로 해. 내일 시합은 형이 무조건 이길 거니까 시합 끝나면 날 좀 꽉 안아줘라. 무척 고마운 표정으로."

"왜?"

"텔레비전에 나올 거잖아. 친구 놈들에게 자랑 좀 해야겠다. 내가 강태산 선수를 키웠다니까 이놈들이 안 믿어."

"알았다. 내가 너무너무 사랑스러운 표정으로 깨물어줄게. 모가지 깨끗하게 씻고 기다려."

*   *   *

TCN 중계방송은 분주하게 움직이기 시작했다.

이번 UFC 454는 TCN에서 생방송으로 중계하기 때문에 데스크에 앉은 양인석과 서정설은 준비해 온 각종 자료를 점검하면서 PD의 스탠바이 사인을 기다렸다.

이제 10분만 있으면 메인 경기들이 시작되기 때문에 스태프들은 위성의 연결 상태를 확인하느라 소란스러웠고 카메라는 두 사람의 각도를 체크하느라 분주하게 움직이고 있었다.

양인석과 서정설은 그런 스태프들의 움직임을 보면서 커피를 마셨다.

워낙 많은 경기를 중계했기 때문에 그들은 방송이 곧 시작된다는 것을 알면서도 커피를 마시며 여유 있게 대화를 주고

받았다.

그들은 격투기 중계를 하면서 만났지만 벌써 10년째 호흡을 맞춰왔고 나이가 같아 평소에는 말을 놓고 지내는 사이였다.

"서 위원이 봤을 때 어때. 강태산이 이길 것 같아?"

"쉽지 않을 거야. 갑자기 링에 올라가는 거잖아. 20일밖에 시간이 없었는데 훈련이나 했겠어?"

"아무래도 그렇겠지?"

"난 아직도 이해가 안 가. 이전 경기에서 UFC 역사에 꼽힐 만한 명경기를 펼쳤기 때문에 충분히 거부할 수 있었을 텐데 왜 경기에 응했는지 모르겠어."

"소문에는 돈 때문이라고 하던데?"

"나도 그 소문은 들었어. 강태산을 맡고 있는 김 관장이 체육관을 옮기면서 빚을 졌다고 하더군."

"그 사람이 선수를 망치는구만."

"하여간 이번 시합은 어려운 경기가 될 거야."

"그래도 몰라. 강태산의 피지컬은 끝내주잖아."

"그건 그런데 아무래도 체력이 문제야. 1라운드에서 승부를 내지 못하면 쉽지 않아."

"우리 방송에서 괜히 헛다리 잡은 것 같네. 그냥 저쪽에서 하라고 넘겨주는 게 좋았을 걸 그랬어. 이제 조금 격투기 붐이 뜨고 있는데 강태산 쓰러지는 걸 중계방송하면 우리 방송국 이미지만 훼손되는 거 아니야?"

"최유진이 끼어 있다며?"

"해설자가 방송국 일을 어떻게 나보다 더 잘 알아?"

"이번 중계방송은 반드시 잡아야 한다고 최유진이 방방 떴다는 건 세상이 다 아는 일이야. 국장이 아무래도 뭔가 약점을 잡힌 것 같아."

"어떤 약점?"

"그거야 나도 모르지. 하지만, 여자가 남자 약점 잡는 방법이 뭐가 있겠어?"

"크크크… 서 위원, 조심해. 괜히 근거 없는 소리 했다가 명예훼손죄로 고발당한다. 최유진 걔는 사장 아들이 한번 달라고 해도 단칼에 자른 애야. 물벼락 퍼부어서 이쪽으로 온 거 잘 알면서 그래. 걔는 거기에 자물쇠 채운 애라고."

"그럼 뭘까?"

"일종의 모험 아닐까 싶다. 이기면 그야말로 로또 맞는 걸 테니까. 저번처럼 화끈한 경기를 펼친다면 대박 나는 거잖아. 국장은 거기에 베팅한 걸 수도 있어."

"하기야 국장이 만만한 사람은 아니지."

두 사람이 작은 목소리로 말을 하면서 웃었다.

누군가가 듣는다면 사망선고를 받아야 할 이야기였지만 원래 그런 대화일수록 더 즐거운 법이다.

PD의 사인이 들어온 것은 양인석이 남아 있는 커피를 입안에 털어 넣었을 때였다.

카메라 온.

카메라가 돌아가면서 PD가 크게 원을 그리자 언제 그랬냐는 듯 양인성이 베테랑 캐스터의 면목을 드러내며 멘트를 시작했다.

"시청자 여러분 안녕하십니까. 그럼 지금부터 UFC 454의 중계를 시작하겠습니다. 이번 UFC 454에는 성공적으로 데뷔전을 치른 강태산 선수가 메인 경기에 출전하게 되어 있습니다. 저희는 강태산 선수의 2차전을 비롯해서 메인 매치에 웰터급 타이틀전까지 전 경기를 중계방송토록 하겠습니다."

*　　　　*　　　　*

강태산은 경기 진행자가 라커룸을 열고 들어오자 자리에서 일어났다.

먼저 벌어졌던 페더급의 경기가 생각보다 일찍 끝난 모양이었다.

그의 경기는 메인 경기 7경기 중 두 번째에 배치되어 있었다.

아직까지 산체스나 그의 비중이 그만큼 적다는 걸 의미하는 것이었다.

김만덕은 처음에 입었던 티가 자신이 생각해도 촌스러웠다는 것을 인정하고 이번에는 제법 괜찮은 디자인이 새겨진 티와 팬츠를 새로 장만했다.

체육관 홍보를 해야 된다며 이름을 새겨 넣었지만 예전처럼 등판을 전부 가릴 정도는 아니었기에 강태산은 만족스러운 웃음을 지으며 그가 마련한 옷을 입어주었다.

만델레이베이 이벤트 센터는 이번에도 관중들로 꽉 들어차 있었다.

오늘 벌어지는 웰터급 타이틀전이 빅게임이었기 때문이었다.

웰터급 챔피언인 카니언은 UFC 전적 19승 무패를 자랑하는 무적의 챔피언이었고 그의 상대는 강자들을 차례대로 연파하며 랭킹 1위에 오른 쇼 홀터였기 때문에 관중들의 기대가 무척이나 컸다.

강태산이 입장하자 주최 측에서 마련한 음악이 웅장하게 울려 퍼졌다.

처음과 마찬가지로 강태산의 등장 음악은 '아리랑'이었다.

강태산은 정해진 순서에 따라 옥타곤에 올라 가볍게 몸을 풀면서 관중들을 바라보았다.

관중들은 야차라는 자신의 별명을 서툰 목소리로 연호하고 있었다.

저 사람들은 야차라는 뜻을 알고나 부르는 걸까?

갑자기 그런 생각이 머릿속에 떠오르자 웃음이 지어졌다.

야차는 하늘을 날아다니며 사람을 잡아먹고 갈갈이 찢어버리는 잔인한 귀신을 일컫는 말이었다.

수없이 많은 사람을 죽인 바로 자신을······.

조금 기다리자 반대쪽에서 산체스가 입장하는 것이 보였다.

처음 들어보는 등장 음악은 경쾌하면서도 웅장한 것이었으나 라틴 계열인 것은 분명했다.

산체스가 멕시코 출신이라더니 그 역시 자신의 배경을 알리는 음악을 사용하는 것 같았다.

경기를 시작하기전의 행사는 간단했다.

타이틀 매치가 아니었으니 사회자의 간단한 소개가 끝나자 곧바로 주심이 선수들을 불러 모았다.

강태산은 옥타곤의 중앙으로 나아가 산체스의 눈을 바라보았다.

갈색으로 물든 눈. 표정 없는 얼굴.

침묵 속에서 끓어오르는 전사의 피를 가진 남자.

산체스는 깊이를 알 수 없는 심연의 눈으로 자신을 응시하고 있었다.

삐잉.

경기를 알리는 소리와 함께 강태산은 옥타곤의 중앙으로 나갔다.

옥타곤의 중앙은 언제나 그의 것이었으니까.

가드를 올리고 한 발 한 발 앞으로 전진하자 산체스가 가볍게 풋워크를 밟으며 좌측으로 돌아 나갔다.

그냥 돌아 나간 것이 아니다.

좌측으로 움직이면서 터져 나온 좌우 스트레이트가 번개처럼 강태산의 가드를 때렸다.

정한 울림.

가드로 커버링을 했으나 속도를 동반한 산체스의 펀치는 강한 울림을 남긴 채 사라졌다.

타격머신이라고 불린다더니 단 한 번의 공격이 번개가 무색할 만큼 빠르다.

그러나 강태산은 산체스의 움직임을 따라 전진을 계속했다.

전형적인 아웃파이터는 보편적으로 빠른 몸놀림을 가지고 있다.

빠르다는 것은 풋워크가 뛰어나다는 것이고 상대에 대한 공격을 무기력하게 만드는 방어 기술이 탁월하다는 걸 의미한다.

김 관장이 강태산에게 복부를 노리라고 주문한 것도 그런 이유 때문이었다.

속도에서 차이가 나면 옥타곤의 사이드를 돌면서 원거리 공격을 해오는 산체스를 잡는 건 어려운 일이기 때문이었다.

산체스가 빠른 발을 이용해서 로우킥과 펀치들을 날려왔으나 강태산은 묵묵히 전진을 멈추지 않았다.

그리고 산체스가 후퇴를 멈추고 공격을 해오는 순간 벼락같은 펀치들을 쏟아냈다.

한번 부딪칠 때마다 순식간에 서너 번의 펀치가 난사되어 나왔다.

강태산은 김 관장의 주문을 충실히 수행했다.

그가 따라잡기 어려울 만큼 산체스는 빠른 발을 지녔기 때문에 펀치들이 교환될 때마다 복부를 노렸다.

한 방, 그리고 또 한 방.

속도에서 많은 차이가 있는 것처럼 보였지만 강태산과 산체스의 거리는 시간이 지나면서 점점 줄어들기 시작했다.

교묘하게 움직임을 따라가며 좌우 연타를 날렸기 때문에 산체스는 강태산의 공격 범위를 완벽하게 빠져나가지 못했다.

타격머신이라고 불리는 산체스의 위력이 터져 나오기 시작한 것은 강태산이 도주로를 차단하면서부터였다.

산체스는 빠른 풋워크를 이용해서 좌우로 또는 후방으로 후퇴하다가 점점 강태산의 압박이 강해지자 드디어 칼을 빼 들었다.

그가 난타전을 피하는 이유는 오로지 단 하나.

최대한 위험을 사전에 제거하고 상대방을 천천히 갉아먹기 위해서였다.

지금까지 그를 상대해 왔던 선수들은 그의 원거리 공격에 하나씩 무너져 내렸다.

그것을 참지 못하고 덤빈 자들은 더욱 비참한 결말을 맞이해야 했다.

무리한 공격을 해오는 순간 기회를 노리던 그의 원투펀치가 명줄을 끊어버렸기 때문이었다.

타격머신이란 별명은 아웃파이터에게 어울리지 않지만 그는 격투기 팬들이라면 누구나 인정할 정도로 정교한 타격 솜씨를 가지고 있었다.

그랬기에 강태산이 후퇴로를 차단한 채 압박을 해오자 정면 승부를 걸어왔다.

다른 자들과 다르게 강태산은 교묘하게 자신의 움직임을 제어했기 때문이었다.

이대로라면 관중들에게 도망만 다니는 선수로 낙인찍힐 수도 있었다.

그것은 절대 원하는 것이 아니었다.

강태산은 공격을 하면서 무리하지 않았을 뿐만 아니라 자신의 원거리 공격에 그냥 당하지 않았다.

놈은 자신이 주먹을 내미는 만큼 거의 비슷한 숫자의 펀치를 퍼부었기 때문에 다른 자들과의 경기처럼 편안한 공격을 할 수 없었다.

지금까지의 경기력을 감안한다면 분명 점수 면에서 자신이 우세할 테지만 강태산의 압박이 강해지자 마음을 고쳐먹었다.

그런 생각을 하게 된 배경은 공격을 하면서 다섯 번의 카운터를 맞았어도 대미지가 없었다는 데 있었다.

그중 두 번은 제대로 걸렸으나 잠시 주춤했을 뿐 자신의 몸에는 아무런 이상이 없었다.

물론 펀치에 대한 내성은 누구보다 강하다.

보통 맷집이 강하다고 말하는데 자신은 지금까지 상대의 펀치에 의해 KO를 당한 적이 한 번도 없다.

더군다나 놈의 펀치는 생각했던 것보다 훨씬 약해서 그는 빠르게 치고 빠지던 전략을 버리고 링 중앙에서 강태산과 과감하게 마주쳤다.

강태산은 링을 빙빙 돌면서 피해 다니던 산체스가 움직임을 멈춘 채 자신을 노려보자 회심의 미소를 지었다.

걸렸다.

아웃복싱을 구사하는 산체스를 때려잡을 수도 있었다.

그의 발이 아무리 빠르다 해도 순간 스피드를 이용해서 승부를 건다면 충분히 가능한 일이었다.

하지만, 그렇게 하지 않은 것은 이번 경기 역시 사람들의 뇌리에 깊숙이 각인시키겠다는 의지와 자신의 가슴 깊은 곳에서 꿈틀대고 있는 갈증을 풀어내고 싶었기 때문이었다.

전사의 심장.

평온한 일상에서 오는 나른함이 괴롭다.

그 괴로움을 푸는 방법은 강한 상대와 원 없이 펀치를 주고받는 것뿐이었다.

산체스가 풋워크를 멈추고 접근을 해오자 강태산은 마주 다가갔다.

타격머신이라고 했던가.

산체스의 왼 주먹이 꿈틀대다가 갑자기 오른쪽 훅이 관자놀

이를 향해 날아왔다.

페인트에 이은 회심의 일격이었다.

그러나 강태산은 예리한 눈으로 훅을 흘리며 뒤쪽으로 한발 물러섰다.

오른쪽 훅 역시 페인트라는 걸 직감했기 때문이었다.

예상대로 산체스의 왼발이 강하게 허공을 갈랐다.

두 번의 연속 페인트에 이은 강력한 로킥이었다.

한발 물러섰던 강태산은 산체스의 왼발이 회수되는 것과 동시에 가슴으로 뛰어들었다.

그런 후 라이트 어퍼와 레프트 보디블로를 연속으로 때린 후 어깨로 산체스를 밀어붙였다.

뒤로 물러나던 산체스가 연거푸 스트레이트로 반격을 해왔으나 강태산은 레프트는 그냥 맞아준 후 라이트 스트레이트는 피하면서 옥타곤의 철망까지 압박해 들어갔다.

철망에 갇힌 산체스는 상처 입은 맹수처럼 압박해 오는 강태산을 향해 번개 같은 펀치를 난사했다.

정확하게 터지는 펀치.

두 발 중 한 발은 반드시 강태산의 몸을 두들겼다.

얼굴과 복부, 심지어 다리까지 그의 공격은 다양했고 무차별적이었다.

하지만 공격은 산체스만 한 것이 아니었다.

강태산은 한 대를 맞으면 반드시 한 대를 돌려주었다.

그의 공격 역시 폭풍처럼 이루어졌는데 산체스의 공격이 속도를 중시한다면 강태산의 공격은 무거움이 위주였다.

한 발 한 발에 담겨 있는 콤팩트한 주먹은 산체스의 턱과 복부에 고스란히 적중되고 있었다.

난타전.

철망에서 벌어졌던 전투는 산체스가 링의 중앙으로 빠져나오면서 잠시 소강상태를 이루었다가 곧 다시 부딪쳤다.

강태산이 또다시 교묘한 스텝으로 산체스를 따라잡았던 것이다.

상대방을 향해 터뜨리는 펀치와 킥의 조화.

두 사람이 벌이는 옥타곤 중앙에서의 싸움은 마치 석양의 총잡이가 목숨을 건 결투를 하는 것처럼 비장했고 치열했다.

관중들이 자리에서 일어나기 시작한 것은 산체스가 옥타곤의 철망으로 몰리면서부터였다.

뒤로 밀렸음에도 산체스의 주먹이 강태산의 전신을 두들기자 관중들은 역시 타격머신답다는 감탄사를 연발했다.

하지만 그 감탄사는 기어코 비명으로 바뀌기 시작했다.

펀치수에서는 부족했지만 강태산의 반격 역시 무시무시했기 때문이었다.

그러나 관중들의 불같은 반응은 시작에 불과했다.

두 선수가 철망에서 벗어나 옥타곤의 중앙에서 한 치도 물러서지 않고 펀치를 주고받자 관중들은 모두 자리에서 일어나 미친 듯 고함을 치기 시작했다.

*   *   *

스튜디오에서 중계를 하던 양인석과 서정설은 화면을 보면서 손에 흐르는 땀을 닦느라 정신이 없었다.

강태산과 산체스가 벌이는 경기는 지금까지 봐왔던 어떤 경기보다 무섭도록 치열해서 당장에라도 둘 중 하나가 쓰러질 것처럼 보였기 때문이었다.

화면을 바라보는 양인석은 의자에 제대로 앉아 있지 못했는데 목소리는 이미 격앙될 대로 격앙된 상태였다.

"강태산 선수, 또다시 산체스의 복부에 레프트 훅을 꽂아 넣습니다. 그러나 산체스 선수, 뒤로 물러서지 않습니다. 산체스의 레프트 훅, 강태산 선수 위험합니다. 뒤로 물러서는 강태산, 아! 산체스 따라붙습니다."

"큰 걸 맞았습니다. 대미지가 있는 것 같습니다."

"그러나 우리의 강태산 선수 더 이상 물러서지 않습니다. 반격하는 강태산 선수의 레프트 잽. 아직 괜찮습니다. 턱이 흔들릴 정도로 빠른 잽이었습니다. 돌진합니다. 강태산 선수 레프트 잽에 이은 라이트 스트레이트. 또다시 맞붙습니다. 라이트 훅, 주고받는 양 선수. 지금 관중들은 모두 일어난 상탭니다. 열광의 도가니. 이렇게 관중들을 미치도록 만드는 건 양 선수의 사투가 대단하기 때문입니다. 정말 치열한 접전. 아… 심판이 말리는군요. 말씀드리는 순간 1라운드 공이 울렸습니다. 1라운드가 끝났습니다."

"관중들의 함성이 너무 커서 심판이 뒤늦게 공이 울린 걸 알았습니다. 저희들도 중계를 하면서 모를 지경이었으니 정말 대단한 난타전이었습니다."

"서 위원님. 우리는 시합 전에 강태산 선수가 갑자기 출전하게 돼서 무척이나 걱정하지 않았습니까. 그런데 예상외로 엄청난 선전을 해주고 있습니다."

"강태산 선수의 불같은 인파이팅은 격투기의 교과서라 불릴 정도로 대단합니다. 체력만 받쳐준다면 이번 시합도 충분히 해볼 만할 것 같습니다."

서정설이 긴장으로 목이 말랐던지 물병을 집어서 마시자 양인석이 자신의 물병을 집어 들고 뒤로 돌아서 급히 마셨다.

그런 후 그는 언제 그랬냐는 듯 또다시 멘트를 이어나갔다.

"산체스 선수의 얼굴이 엉망이 되었습니다. 하지만 강태산 선수의 얼굴은 멀쩡하군요. 도대체 어떻게 된 건가요."

"그건 슬로비디오를 보시면 알 수 있습니다. 정타를 맞은 것 같지만 산체스의 펀치는 거의 강태산 선수의 가드를 맞은 후 타격이 되었습니다. 그만큼 충격이 완화되었다는 뜻입니다."

"그렇군요. 하지만 강태산 선수도 꽤 대미지를 입었을 것 같습니다. 워낙 치열한 경기였기 때문에 강태산 선수 역시 많은 펀치를 허용했잖습니까?"

"강태산 선수의 맷집이 우리가 생각한 것보다 훨씬 대단한 것 같습니다. 산체스의 펀치력은 정평이 나 있는데 강태산 선수가 버텨낸 걸 보면 방어력도 훌륭하지만 맷집도 타고난 것으로 보입니다."

"저는 한 가지 궁금한 것이 있습니다. 산체스 선수는 빠른 발을 이용해서 상대를 무너뜨리는 것으로 유명한데 이렇게 정면으로 난타전을 벌이는 이유가 뭘까요?"

"제가 보기에는 강태산 선수의 압박을 견뎌내기 힘들었던 것 같습니다. 또 한 가지 이유를 대라면 우리가 계속 이야기했던 것처럼 강태산 선수의 펀치력을 맞아보고 자신감을 가진 것으로 추측됩니다."

"하지만, 산체스의 얼굴은 이미 엉망으로 변했잖습니까."

"아마, 산체스는 자신의 얼굴이 저렇게 변한지도 모를 겁니다. 경기 중에는 커다란 상처를 입어도 격한 흥분 때문에 느끼지를 못하니까요."

*　　　*　　　*

최유진은 스튜디오의 밖에서 국장과 중계방송을 지켜보며 두 손을 꼭 붙잡은 채 안절부절못했다.

양인석의 말대로 이 경기는 그녀의 주장과 국장의 결정으로 이루어진 것이다.

뒤늦게 강태산의 데뷔전을 사 오면서 꽤 많은 비용을 준 전례가 있었기 때문에 국장은 강태산의 시합 준비가 소홀하다는 것을 알면서도 과감하게 베팅을 했다.

강태산이 졸전을 펼치다가 지면 TCN 측은 꽤 많은 대미지를 입을 게 뻔했으나 국장은 그녀가 말을 꺼내자마자 기다렸다는 듯 중계권의 입찰에 참여했다.

스튜디오 밖에서 경기를 지켜보는 두 사람은 1라운드가 끝나자 자신들의 판단이 옳았다는 것을 실감했다.

이제 경기의 결과는 의미가 없어진 지 오래였다.

1라운드에서 보여준 난타전만으로도 데뷔전을 뛰어넘을 명승부가 펼쳐졌기 때문이었다.

국장은 자신의 판단이 옳았단 것이 증명되자 연신 얼굴에 웃음을 흘리고 있었다.

그가 장난스럽게 입을 연 것은 최유진이 초조한 눈빛으로 강태산의 코너를 뚫어지게 쳐다보고 있는 걸 확인한 후였다.

"최 기자, 걱정되냐?"

"정말 대단해요. 사람이 저렇게 맞고도 버틸 수 있다는 게."

"강태산 저놈 정말 물건은 물건이야. 만약 이 시합에서 이긴다면 또 한 번 난리가 나겠어. 어쨌든 지든 이기든 우리 베팅은 성공이니까 너무 애태우지 마라."

"저는 강태산 선수가 이겼으면 좋겠어요. 저 사람 데뷔전 때도 이기고 태극기를 몸에 둘렀잖아요. 왠지 저 사람은 이번에도 그렇게 할 것 같아요."

"그래, 그러면 우린 대박 터지는 거지. 하지만 쉬울 것 같지는 않아. 아무래도 2라운드부터는 체력 면에서 밀릴 거다."

"훈련을 못 했으니까 그럴 수도 있어요. 하지만 난 저 사람 믿어볼래요. 저 사람 눈빛에 들어 있는 무서운 투혼이 느껴지거든요."

"최 기자가 어느새 강태산의 팬이 되었구나. 좋아, 아주 좋은 일이야. 그렇게 생각한다는 건 이제 최 기자도 격투기 기자로서 프로가 되었다는 거지. 만약 저놈이 이기고 돌아오면 우리 멋있는 방송 하나 만들어보자."

*　　　　*　　　　*

김 관장은 강태산이 코너로 돌아오자 수건으로 땀을 닦아주며 의자에 앉혔다.

그는 얼마나 소리를 질렀는지 목이 잔뜩 쉬어 있는 상태였다.

"태산아, 괜찮나?"

"괜찮습니다."

"형, 여기 물. 씨발, 정말 잘 싸웠어. 저놈 코너로 돌아갈 때 정신없었을 거야."

"저놈 말에 대답하지 말고 심호흡 좀 해."

김 관장이 강태산의 팬츠를 잡고 길게 잡아끌면서 호흡을 고르게 만들었다.

그의 손에 몸을 맡긴 채 호흡을 하던 강태산이 입을 연 것은 관중들을 확인한 후였다.

그의 코너 근처에 있는 관중들은 어느새 야차를 연호하며 승리를 기원하고 있었다.

"좋군요."

"뭐가?"

"관중들의 환호성이 꽤나 커졌습니다. 이번에도 돈이 될 것 같지 않습니까?"

"이놈아, 경기에나 신경 써!"

"걱정하지 마세요. 산체스의 주먹은 충분히 견딜 만합니다."

"그래도 끝까지 조심해. 조금이라도 방심하면 끝나는 수가 있어."

"알았으니까 물이나 더 줘요."

강태산이 김만덕에게 물을 건네받은 후 몇 모금 들이켰다.

그는 호흡이 슬쩍 거칠어져 있었으나 지쳐 보이지는 않았다.

"태산아, 저놈의 킥을 조심해. 지금까지 계속해서 로우킥만 썼는데 불시에 하이킥이 날아올 수도 있어. 저놈의 하이킥에 녹아웃된 놈이 셋이나 된단 말이다."

"그렇지 않아도 경계하고 있습니다."

"2라운드에서는 초반처럼 바깥으로 돌지 몰라. 그러니까 강하게 몰아붙여. 저놈이 그대로 돌게 만들면 질지도 모른다."

"저놈은 이제 아웃사이드로 돌지 않을 겁니다. 그렇게 해서는 안 된다는 걸 알았으니까요. 전면전으로 붙으면 내가 이깁니다."

"그럼, 당연히 그래야지."

"형, 아무래도 점수는 형이 진 것 같아. 2라운드에서는 점수에도 신경 써야 해."

"점수는 필요 없다. 이 경기는 판정으로 가지 않아."

"그러면 좋지만 무리하지 마!"

김만덕이 강태산의 말을 들으며 소리를 질렀다.

부지런히 수건으로 땀을 닦아주는 그의 손은 부들부들 떨리고 있었다.

김 관장은 소리를 질러대느라 목소리가 쉬었지만 김만덕은 얼마나 흥분했는지 얼굴이 붉게 달아올라 마치 술을 마신 사람처럼 보일 지경이었다.

삐잉.

1분의 휴식 시간은 화살처럼 지나가고 2라운드를 알리는 소리가 울리며 심판이 중앙으로 나왔다.

김 관장의 마지막으로 소리 지른 것은 강태산이 의자에서 일어나 옥타곤의 중앙으로 나갈 때였다.

"태산아, 하이킥, 하이킥을 조심해!"

강태산은 중앙으로 걸어 나가며 산체스의 눈을 보았다.

그의 눈은 엉망이 된 얼굴과는 다르게 생생하게 살아 있었는데 절대지지 않겠다는 투지로 가득 차 있었다.

그래, 그래야 전사의 자격이 있다.

그의 투지에 고개를 가볍게 끄덕인 강태산은 심판이 물러서는 것과 동시에 또다시 산체스를 향해 접근해 들어갔다.

빠르지 않다. 그러나 느린 것은 더욱 아니다.

적의 회피로를 차단한 채 사냥감을 몰아넣듯 견제를 하는 것은 아무나 하지 못한다.

그가 지금 펼친 스텝은 태을경공의 심오한 원리가 가미된 수법이기 때문이었다.

거리를 좁힌 강태산의 라이트 훅이 공간을 가르며 기습적으로 산체스의 안면을 향해 날아갔다.

그러자 기다렸다는 듯 산체스가 더킹으로 펀치를 흘리며 좌우 스트레이트로 반격을 해왔다.

산체스는 이번 라운드도 변함없이 정면 승부를 걸어오고 있었다.

또다시 벌어지는 난전.

옥타곤의 링을 맴돌며 두 선수가 벌이는 난전은 우리에 갇힌 맹수들이 생존을 위해 싸우는 사투와 흡사한 것이었다.

*　　　*　　　*

"야, 거기서 물러나면 어떡해! 레프트, 레프트를 때려!"

거실에서 반바지를 입은 채 텔레비전을 보고 있던 김윤석이 소리를 지르며 자신의 왼팔을 마구 흔들어댔다.

그 옆에는 그의 친동생인 김환석과 와이프가 자리를 함께하고 있었는데 바닥에는 맥주병이 다섯 병이나 깔려 있었다.

격투기광인 김윤석과 김환석은 이번 경기를 보기 위해 아침부터 꼼짝하지 않고 거실을 차지한 채 술판을 벌였는데 강태산의 경기가 시작된 후로는 맥주를 거들떠도 보지 않았다.

그만큼 경기는 그들의 혼을 온통 뺏어버려 그토록 좋아하던 술까지 잊어버리게 만들었다.

거의 십여 년 동안 수많은 격투기 경기를 봐왔지만 이런 경기는 처음이었다.

정말 한시도 눈을 뗄 수 없는 난타전의 연속.

두 형제는 텔레비전에 눈을 고정한 채 시합과 해설을 동시에 하고 있었다.

강태산의 오른쪽 스트레이트가 산체스의 안면에 꽂히자 이번에는 김환석이 몸을 앞으로 숙이며 돌진하는 자세를 취했다.

"밀어, 밀라고. 아이고, 거기서 물러나면 어떡하냐. 미치겠네."

"산체스 저놈 대단하네. 곧바로 반격을 하잖아. 어… 어, 저… 저, 위험해, 위험해. 더킹, 더킹!"

김환석에 이어 김윤석이 온몸을 흔들어댔다.

강태산이 산체스의 반격에 펀치를 얻어맞고 물러나는 것이 보였기 때문이었다.

"여보, 여보. 물 좀 줘. 나 숨 넘어가겠다."

"당신 고혈압이야. 그까짓 거 보면서 왜 흥분을 하고 그래요. 죽고 싶어요?"

"지금 고혈압이 문제가 아니야. 나 죽는 거 보지 않으려면 물이나 줘."

"못 말려 진짜!"

김윤석의 닦달에 그의 와이프가 자리에서 벌떡 일어나 냉장고로 향했다.

그녀는 남편과 시동생이 사람을 때리는 격투기를 볼 때마다 옆에서 이렇게 시중을 들어야 했는데 오늘따라 유독 두 사람은 미친 사람들처럼 보였다.

냉장고에서 물을 꺼내서 컵에 따른 그녀가 거실로 돌아왔을 때 남편과 시동생은 텔레비전으로 들어갈 정도로 바짝 이동해 있었다.

"여기, 물 마셔요. 뒤로 물러나서 봐! 그러다가 텔레비전 부수기만 해. 정말 그땐 사생결단 낼 거야!"

"마누라님. 오늘은 제발 그냥 놔두라. 강태산이 이기면 오늘 내가 외식 쏜다."

"정말?"

"그래! 당신이 좋아하는 갈비로 쏠 테니까 경기 끝날 때까지만 나 건들지 마."

                    *   *   *

강태산은 시간이 갈수록 주먹의 강도를 더해갔다.

이미 산체스의 얼굴은 피범벅으로 변했는데 그것이 그의 내면에서 야수의 본능을 꺼내 들게 만들었다.

산체스의 오른쪽 주먹이 나오는 순간 크로스카운터를 날렸다.

묵직하게 주먹으로 전달되는 감각.

정확한 타이밍에 터진 크로스카운터에 산체스의 신형이 휘청이며 뒤로 물러나는 것이 보였다.

서두르지 않았다.

이런 경기에서 적의 약세를 봤다고 서두르는 것은 어리석은 짓이나 다름없다.

강태산은 전진 스텝으로 따라 들어가며 외곽으로 빠지는 산체스의 왼쪽 다리를 향해 로우킥을 날렸다.

다른 때와 다르게 산체스는 크로스카운터에 충격을 받았는지 거리를 확보하기 위해 필사적으로 달아나는 중이었다.

강력한 로우킥.

지금까지 여러 번 로우킥을 던졌으나 이번처럼 정확하고 강력하게 들어간 건 처음이었다.

산체스의 신형이 휘청하며 발걸음이 멈춰졌다.

그때를 이용해서 강태산이 앞으로 다가가자 수세에 몰렸던 산체스의 왼발이 창처럼 찔러왔다.

프런트킥.

급하게 왼팔을 이용해서 킥을 막아가던 강태산의 눈이 번쩍 빛났다.

산체스의 몸이 각도를 비트는 게 보였기 때문이었다.

그랬기에 그의 각도에 맞춰 머리를 옆으로 쓰러뜨렸다.

위잉.

강력한 하이킥이 머리 위를 스쳐 지나갔다.

이놈은 사회에서 사업을 해도 능히 성공할 놈이다.

눈 하나 깜박하지 않고 페인트를 걸 수 있다는 것은 내면에 쌓여 있는 담력과 배짱이 그만큼 크다는 것을 알려준다.

머리를 젖혀 하이킥을 피해낸 강태산의 얼굴이 슬쩍 일그러졌다.

스쳐 맞았는데도 머리에 윙윙거리는 환청음이 들려왔기 때문이었다.

눈의 고정.

하이킥이 실패하자 급하게 좌측으로 빠져나가는 산체스를 확인하고 강태산이 몸을 돌렸다.

그의 눈은 어느새 차가울 정도로 무섭게 가라앉아 있었다.

앉지도 못하고 열광하는 관중들의 함성.

세컨드에서 고래고래 소리를 지르고 있는 김 관장과 김만덕의 목소리.

모든 것이 뚜렷이 들려왔다.

이제 이 경기는 여기서 끝내도 된다.

충격에서 벗어나 하이킥을 날리고 빠르게 외곽으로 이동하는 산체스를 향해 강태산이 전진 스텝을 밟았다.

지금까지 속도와는 천양지차.

한 발 한 발 야금야금 접근하면서 산체스를 괴롭히던 강태산은 산체스의 속도를 순식간에 찍어 누르며 거리를 좁혔다.

놀란 산체스가 사이드스텝을 버리고 후진을 했으나 강태산의 주먹은 벌써 그의 옆구리를 훑고 지나간 후였다.

'허억.'

단 한 방에 허리가 굽혀질 정도의 충격이 왔다.

산체스가 위기를 느끼고 사이드로 돌아 나가기 위해 안간힘을 썼지만 강태산은 이미 퇴로를 가로막은 채 라이트 훅을 날렸다.

비틀.

정확하게 맞지 않았는데도 정신이 멍해질 정도의 충격이 왔기에 산체스의 몸이 휘청이면서 뒤로 물러났다.

그럼에도 강태산이 접근하자 본능적으로 펀치를 휘둘렀다.

비록 대미지를 입었으나 이대로 물러선다면 옥타곤의 철망에 갇히게 될 것이기 때문이었다.

빠른 좌우 훅이 난사되어 날아오는 걸 보면서 강태산은 위빙과 더킹으로 피하며 잘근잘근 산체스의 신체를 갉아먹었다.

복부에 이은 좌우 스트레이트, 바짝 붙으며 터뜨리는 엘보와 니킥이 산체스의 전신에 작렬했다.

강태산은 산체스를 철망에 가두어놓고 좌우 니킥을 연속으로 찍어 누르다가 한 발자국 뒤로 물러나 왔다.

그러나 그것은 마지막 발악을 하는 산체스를 침몰시키기 위한 예비 동작이었다.

왼손 훅에 이은 오른발 로우킥, 그리고 갑자기 올라오는 왼발 하이킥까지.

산체스가 꺼지기 전의 촛불처럼 연환되는 공격을 퍼부으며 철망에서 빠져나올 때 강태산의 러시가 다시 시작되었다.

무섭게 가라앉아 있는 강태산의 눈은 산체스의 움직임을 스캔한 후 폭풍 같은 펀치 세례를 퍼부었다.

처음에는 반격을 하던 산체스가 더 이상 견디지 못하고 고개를 떨어뜨린 것은 강태산의 오른손 스트레이트가 가드를 뚫고 정확하게 턱에 적중되었을 때였다.

덜컥.

턱을 얻어맞은 산체스의 눈동자가 하얗게 변하는 것이 보였다.

끝났다.

오른손에 묵직하게 울려온 감각은 산체스의 운명이 끝났다는 것을 알려주고 있었다.

＊　　　　＊　　　　＊

"강태산 선수, 산체스를 철망에 가둬놓고 무차별적인 공격을 퍼붓습니다. 산체스 선수 위깁니다. 레프트 훅, 또다시 턱에 적중시키는 강태산. 산체스 비틀거립니다. 라이트 스트레이트, 아… 강태산 선수 몸을 돌립니다! 산체스 선수. 마치 고목이 쓰러지듯 링에 쓰러졌습니다!! 경기 끝났습니다! 강태산 선수 대단합니다! 2라운드 4분 15초 만에 KO로 산체스를 잡았습니다!!"

양인석은 자리에서 벌떡 일어나 입에 거품을 물면서 멘트를 날려댔다.

그는 강태산이 시합을 멈추고 몸을 돌리자 처음에는 어리둥절한 표정을 짓다가 산체스가 뒤늦게 링에 쓰러지자 속사포와 같은 속도로 말을 쏟아냈다.

자리에서 일어난 것은 서정설도 마찬가지였다.

그는 격투기 선수 출신이었기 때문에 강태산의 말도 안 되는 경기를 보면서 전율에 젖어 있었다.

"정말 뭐라 말할 수가 없습니다. 강태산 선수, 무시무시합니다. 누가 저 선수를 20일 전에 출전 통보를 받았다고 할 수 있겠습니까. 2라운드의 강태산 선수는 정말 태풍 같은 공격력을 보여주었습니다. 산체스 선수가 최선을 다해 반격을 했지만 역부족이었습니다. 산체스 선수, 정신을 잃은 것 같은데 무사하기를 바랍니다."

"이렇게 되면 강태산 선수는 13전 전승에 13KO죠?"

"그렇습니다. 아무래도 우리는 강태산 선수의 펀치력에 다시는 토를 달지 못할 것 같습니다. 라운드가 진행될수록 파괴적인 펀치를 날리는 강태산 선수의 펀치력은 이제 의심의 여지가 없습니다."

"강태산 선수는 불과 UFC 2전 만에 랭킹 10위를 꺾는 파란을 일으켰습니다. 정말 앞날이 기대되는군요."

"관중들의 반응을 보십시오. 데뷔전 때도 관중들의 피를 끓게 만들었던 강태산 선수는 오늘 그보다 훨씬 대단한 명경기를 만들어냈습니다. 앞으로 진행될 경기가 어떤 결과가 나올지 모르지만 이 경기는 오늘의 파이트로 선정될 가능성이 구십 프로가 넘을 것 같습니다."

"아, 강태산 선수 태극기를 들고 옥타곤을 돌고 있습니다. 정말 멋진 모습입니다."

"대한민국 국민으로서 자랑스럽습니다. 모든 관중들이 기립해서 박수갈채를 보내고 있잖습니까. 앞으로 강태산 선수는 UFC에서 가장 뜨거운 선수가 될 것이 분명합니다."

"아, 말씀드리는 순간 강태산 선수의 인터뷰가 시작되고 있습니다. 인터뷰를 들어보겠습니다."

＊   ＊   ＊

강태산은 뒤로 물러나 심판이 산체스가 기절한 것을 확인한 후 경기 종료를 선언하자 미친 듯이 뛰어 들어오는 김 관장을 향해 몸을 맡겼다.

김 관장은 강태산을 끌어안고 고개를 박고 있었는데 너무 기뻐서 눈물을 흘리고 있었다.

김만덕은 여전히 강태산을 무등 태우는 걸 주저하지 않았다.

그는 강태산이 시합에 이길 때마다 무등을 태우고 옥타곤을 활보했는데 그것이 기쁨의 표현인 것 같았다.

심판이 아나운서의 멘트에 따라 강태산의 손을 들어주자 관중석에서 '야차'라는 연호가 다시 터져 나오기 시작했다.

관중들은 주먹을 불끈 쥔 채 들어 올리는 강태산을 연호하며 비명 같은 함성을 질러댔다.

사진기자들을 향해 포즈를 취해주고 나자 민머리의 화이나삭스가 인터뷰를 위해 다가왔다.

"미스터 강, 축하합니다. 마지막 오른손 스트레이트는 정말 강력했습니다. 심판이 말리기도 전에 돌아섰는데 경기가 끝났다는 것을 직감했습니까?"

"그렇습니다. 나는 그가 일어서지 못할 것이라 확신했습니다."

"불과 20일 전에 출전을 결정했는데 훈련이 부족하지 않았습니까?"

"나는 언제든지 싸울 준비가 되어 있기 때문에 아무런 문제가 없었습니다."

"산체스 선수와의 경기에 대해서 간략하게 말해주십시오."

"산체스 선수는 훌륭한 전삽니다. 그의 타격 기술은 정말 대단했습니다. 그는 비록 이번 시합에서 졌지만 다시 일어설 것이라 믿습니다."

"오늘 경기는 정말 너무나 훌륭한 명경기였습니다. 혹시 다음 상대로 생각한 선수가 있습니까?"

"나의 최종 목표는 챔피언인 맥도웰입니다. 그러나 그 전에 UFC 455에서 요시다와 붙고 싶습니다."

"요시다는… 대단한 파이터입니다. 미스터 강과 붙으면 정말 멋있는 시합이 나올 것이지만 그는 이미 상대가 결정되어 있습니다."

"관중들은 밋밋한 경기를 원하지 않습니다. UFC가 흥행하기 위해서는 멋진 경기가 펼쳐져야 한다고 생각합니다. UFC 쪽에서 빠른 시간 내에 현명한 결정을 내려준다면 나는 그와 최고의 경기를 펼칠 것입니다."

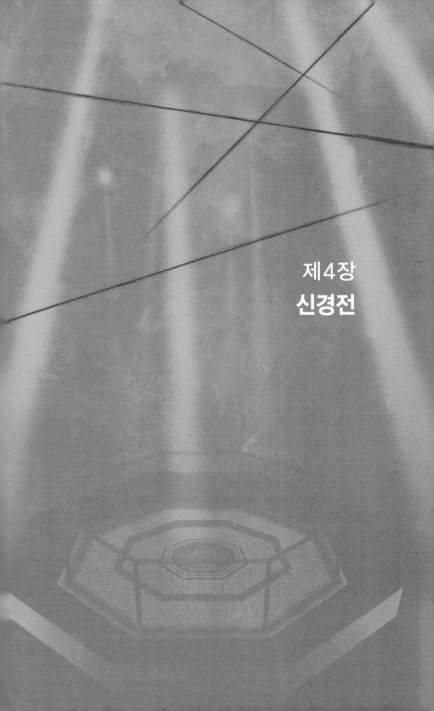

제4장
신경전

시합이 강태산의 승리로 끝나자 중계방송을 마친 양인석과 서정설은 땀으로 축축해진 몸을 이끌고 스튜디오 밖으로 나왔다.

다음 시합을 중계하기까지는 잠시의 여유가 있었는데 국장이 손짓으로 그들을 불렀기 때문이었다.

그들을 맞이하는 국장의 얼굴은 만면에 활짝 웃음이 담겨 있었다.

"시합도 멋있었지만 훌륭한 중계방송이었어. 역시 베테랑들다워."

"고맙습니다. 그런데 무슨 일입니까?"

"부탁이 있어 불렀다."

"부탁이라뇨?"

"오늘 중계방송이 3시까지지?"

"예, 맞습니다."

"강태산 때문에 우리 방송국은 이번에 대박을 터뜨렸어. 다른 시합은 이제 어떻게 되든 상관없다. 그래서 말인데, 이왕 이렇게 된 거 포텐 한번 터뜨리자고. 오늘 저녁 강태산 특집을 마련할 생각이다. 두 사람이 수고를 좀 해줬으면 좋겠어."

"오늘 저녁에요?"

"벌써 영상팀에게 강태산이 그동안 치렀던 경기를 편집하라고 지시해 놨으니까 7시까지는 준비가 될 수 있을 거야."

"아무리 그래도 그렇지, 시간이 너무 촉박합니다. 원고도 없이 어쩌란 말입니까. 준비할 시간이 부족합니다."

"그래서 부탁하는 거잖아. 자료는 최대한 준비해 줄 테니까 힘들더라도 해줘."

양인석이 슬쩍 거부 반응을 보이자 그동안 얼굴에 웃음을 매달고 있던 국장의 표정이 굳어졌다.

부탁을 한다고는 했지만 이 정도가 되면 협박이나 다름없는 것이다.

아무리 방귀깨나 뀌는 양인석이었지만 국장이 얼굴까지 굳히면서 쳐다보자 슬그머니 입맛을 다셨다.

여기서 더 버텼다가는 스스로 한강 물에 뛰어드는 것과 마찬가지였기 때문이었다.

"알겠습니다. 어쩔 수 없죠. 최선을 다해보겠습니다."

"그래, 고마워. 나중에 내가 좋은 데 가서 밥 사지."

양인석이 항복을 하자 국장의 얼굴에 웃음이 다시 떠올랐다.

마침 담당 PD가 급하게 손짓을 하면서 양인석을 불렀기 때문에 두 사람은 다음 경기를 중계하기 위해 스튜디오로 들어갔다.

UFC의 경기는 보통 3, 4시간 정도 중계방송을 해야 한다.

한번 시합이 벌어지면 7개 정도의 메인 경기가 벌어지기 때문에 이것저것 감안하면 그 정도 시간은 기본으로 걸린다.

말이 3, 4시간이지 화면을 보면서 계속 떠든다는 것은 보통 힘든 일이 아니었는데 그런 마당에 야근까지 하라고 지시를 했으니 양인석이 입을 내미는 것은 당연한 일이었다.

두 사람이 스튜디오로 들어간 걸 확인한 국장의 시선이 이번에는 최유진에게 돌아왔다.

그의 감각은 특출 나다.

그는 시청률을 올리는 것에 대해서는 타의 추종을 불허할 정도로 감각이 뛰어났기에 삼류 대학을 나왔으면서도 국장 자리까지 오른 사람이었다.

"최 기자."

"예?"

"너는 일본 반응을 체크해 봐."

"요시다와의 대전에 대한 걸 말씀하시는 거죠?"

"그래, 일본 쪽도 생방송이 되었을 테니까 분명 반응이 있을 거야."

"특방에 써먹을 건가요?"

"당연하지."

"알았어요. 언론 쪽과 일반 시민들에 대한 반응까지 준비할 게요."

"물 들어올 때 노 저으라고 했어. 오늘 제대로 터뜨려 보자고."

"이럴 때 보면 국장님은 여우 같아요."

"이왕이면 늑대라고 해줘라. 여우라고 하면 내가 여자 같잖아."

"나쁜 뜻으로 한 말 아니에요. 날카롭게 판단하는 사람을 여우라고 부르곤 하잖아요. 그만큼 현명하다는 뜻이었어요."

"하하하… 고맙구만."

"하여간 오늘 너무너무 행복해요. 강태산 선수가 이겨서 즐겁고 우리 방송국이 대박 터뜨려서 기뻐요. 우리 특방 잘 끝나면 내일 회식해요."

"회식해야지. 내가 아주 거나하게 쏜다. 그런데 최 기자."

"또 뭐요?"

"이번에도 수고를 좀 해줘."

"강태산 선수요?"

"그래."

"국장님, 전 진짜 자신 없어요. 그 사람하고 두 번 인터뷰한 건 운이 좋았을 뿐이에요."

"운이 좋았던 게 아니야. 최 기자가 능력이 있었던 거지. 지금까지 강태산하고 인터뷰한 건 최 기자뿐이었어. 그건 운이 아니라 능력이야. 아마, 그놈은 누구보다 아름다운 최 기자의 미모에 빡이 갔을 거다."

"절대요. 그 남자는 그런 사람 아니에요."

"남자는 다 똑같아. 아닌 척하는 거지. 어쨌든, 강태산은 최 기자가 책임져."

"국장님!"

"그놈 언제 들어오는지도 알아봐. 이번에는 저번처럼 놓치지 말고. 이거 장난 아니다."

"…알았어요."

*   *   *

강태산은 경기가 끝나고 UFC에서 주최한 기자회견에 참석했다.

UFC 측은 경기에 이긴 선수들을 대상으로 언론들과 인터뷰를 진행하는데 강태산이 참석하지 않겠다고 하자 회장인 하리 톰슨이 직접 전화까지 걸어왔다.

기자회견은 UFC 454에서 메인이벤트로 벌어진 웰터급 챔피언 카니언과 강태산을 중심으로 이루어졌다.

카니언은 이번 경기에서 랭킹 1위인 쇼 홀터를 상대로 근소한 차이의 판정승을 거두며 7차 방어전에 성공했다.

충분히 스포트라이트를 받을 정도로 위대한 챔피언이었기에 그는 언제나 기자회견을 할 때마다 중앙에 자리를 잡는다.

하지만 기자들의 관심을 더욱 잡아끈 것은 강태산이었다.

단 2전을 벌였을 뿐인데도 그의 경기는 연속으로 오늘의 파이트에 선정되었으며 관중들에게 대단한 흥분을 선사했기에 기자들은 카니어보다 강태산에게 더 많은 질문을 했다.

기자들의 질문은 수도 없이 많았으나 강태산은 개인적인 것은 거의 대답하지 않았고 훈련에 관한 부분과 앞으로의 목표에 대해서만 정확하게 답변을 했다.

기자회견의 백미는 ESPN 기자가 던진 질문에 대한 강태산의 대답이었다.

"미스터 강, 요시다와의 시합을 원한다고 들었습니다. 그와 시합을 하려는 진정한 목적은 무엇입니까?"

"다음 경기가 우리 집과 가까운 일본에서 벌어지기 때문입니다."

"그게… 이유라고요?"

"더불어, 맥도웰에게 도전하기 위해서는 요시다를 먼저 꺾어야 한다고 생각했습니다. 요시다를 꺾으면 나는 맥도웰에게 도 전할 것입니다."

"지금 당신의 전적은 너무 적습니다. 맥도웰이 들으면 분명히 웃을 겁니다."

"웃음과 눈물의 차이는 승부로 결정 납니다. 옥타곤은 패자 에게 절대 웃음을 흘리지 못하도록 만드는 곳이지요. 그가 정 말로 웃고 싶다면 나를 먼저 꺾어야 할 것입니다."

"엄청난 자신감이군요. 굿 럭, 우리는 흥미와 기대를 가지고 당신을 지켜보겠습니다. 앞으로도 최고의 경기를 펼쳐주길 바 랍니다."

*   *   *

경기가 끝나고 난 후 TCN에서는 강태산에 대한 특집 방송 예고를 한 시간 단위로 때렸다.

—13전 13승 13KO에 빛나는 화려한 전적. 천부적인 승부사 강태산. 새 역사를 열다!

TCN에서 예고를 때리면서 메인타이틀로 정한 문구였다.

과한 면이 없지 않으나 사람들의 뇌리에 충분히 새겨질 만큼 자극적인 문구였다.

대한민국처럼 인터넷이 발달한 나라는 없다.

생방송을 지켜보지 못한 사람들도 대부분의 유명 포탈사이트에서 강태산의 경기를 톱에 걸었기 때문에 수많은 사람들이 치열했던 그의 시합을 보았다.

각종 신문과 언론에서는 앞다투어 경기 결과를 보도했기 때문에 강태산은 하루 만에 유명 인사로 변해 있었다.

저녁 9시.

드디어 TCN에서 준비한 특집 방송이 시작되었다.

양인석과 서정설은 베테랑답게 그 짧은 시간 동안 비디오를 보면서 원고를 정리했는데 진행이 어느 때보다 매끄러웠다.

TCN에서 준비한 비디오는 6개였다.

4개의 시합 장면과 2개의 인터뷰 장면.

최유진이 스튜디오에 투입된 것은 4개의 시합을 양인석과 서정설이 모두 진행한 후 인터뷰 장면이 상영될 때였다.

"최유진 기자, 국내 언론 중에서 처음으로 직접 강태산 선수를 인터뷰하셨는데 그는 어떤 사람이었나요?"

"인터뷰에서 보셨겠지만 말수가 적었습니다. 하지만 더없이 착한 성품을 가진 사람이었습니다."

"화면에서는 엄청 잘생긴 것으로 비춰졌는데 실물도 그랬습니까?"

"맞아요. 영화배우라고 착각할 만큼 잘생겼습니다."

"그렇게 잘생긴 사람이 저렇게 치열한 경기를 한다는 것이 믿어지지 않는군요. 강태산 선수는 시합이 끝나고 요시다와의 시합을 원했습니다. 혹시 강태산 선수와 통화가 되었습니까?"

"아뇨, 시합이 끝난 지 얼마 되지 않았고 기자회견 때문에 상당히 바빠서 통화를 할 수 없었습니다."

"그렇군요. 일본의 반응을 알아본 걸로 아는데 일본의 반응은 어떻습니까?"

"일본의 언론들은 차갑습니다. 강태산 선수가 쇼맨십을 보인다면서 냉소를 보내고 있습니다. 일본 국민들도 마찬가지였어요. 그들은 강태산 선수가 제대로 준비해도 요시다의 상대가 되지 못할 거라면서 아예 말도 안 되는 소리라고 일축했습니다."

"최 기자가 보기에는 어떻습니까. 강태산 선수의 말이 사실로 보이시나요?"

"제가 봤을 때 그 사람은 허풍을 떨 사람이 아닙니다. 강태산 선수는 진심으로 요시다와의 시합을 원하는 것으로 추측됩니다."

"정말 그럴 수 있다면 빅 이벤트겠지만 아무래도 무리겠지요. 이제 막 시합을 끝낸 선수가 회복도 하지 않고 한 달 만에 옥타곤에 오른다는 건 조금 힘들 것 같습니다."

"저도 그렇게 생각해요. 저 역시 강태산 선수가 충분한 휴식을 취한 후 체력을 회복하고 요시다와 싸우기를 바라고 있어요."

"알겠습니다. 자, 그동안 강태산 선수의 경기 영상과 인터뷰 장면을 지켜봤습니다. 시청자 여러분, 강태산 선수는 현재 폭풍 같은 기세로 UFC의 역사를 새로 써 내려가고 있습니다. 앞으로도 저희 TCN에서는 강태산 선수의 경기를 지속적으로 중계해 드릴 것을 약속드리며 이상으로 특집 방송을 마치겠습니다. 감사합니다."

*   *   *

요시다.

일본 최고의 MMA팀 '아키타켄 타카다'의 간판 선수로 현재 UFC 라이트급 랭킹 5위이며 19승 1패를 기록하고 있는 일본의 영웅이다.

UFC에 진입한 것은 2년 전으로 7연승을 달리고 있으며 그중 5번을 KO로 장식했다.

잘생긴 외모를 가진 그는 일본 처녀들의 우상이었고 청소년들에게는 꿈과 희망을 주는 남자였다.

하지만 그의 프로필은 '아키타켄 타카다'를 이끌고 있는 타카다에 의해 조작된 부분이 많았다.

철저한 언론플레이에 의한 이미지 마케팅은 타카다의 전문 분야였다.

요시다가 어떤 남자인지는 그의 경기를 봐도 충분히 짐작할 수 있었다.

잔인하고 냉정하다.

승리를 위해서는 반칙도 서슴지 않는 그는 상대가 탭을 해도 심판이 말리지 않으면 잔인하게 펀치를 멈추지 않았다.

요시다는 호텔에서 애인인 하루꼬와 함께 섹스를 한 후 편한 자세로 텔레비전을 지켜보는 중이었다.

하루꼬는 두 번이나 오르가즘에 오르더니 알몸으로 널브러진 채 깊은 잠에 빠져 있었다.

시합을 위해 훈련을 시작한 것은 석 달 전부터였다.

다행스럽게 UFC 455는 일본에서 벌어지기 때문에 전지훈련 일정을 생략할 수 있어서 시합이 한 달밖에 남지 않았지만 여유가 있었다.

그렇다고 훈련을 게을리한 것은 아니었다.

하루 꼬박 10시간의 훈련을 소화하며 상대인 폴 마크에 대해서 철저히 준비했다.

폴 마크는 주짓수의 교과서로 불릴 만큼 대단한 테크니션이었지만 충분히 이길 수 있는 상대였다.

그라운드로 내려가지만 않는다면 폴 마크는 그의 상대가 되지 못할 정도로 타격 기술이 부족한 자였다.

오늘 하루 휴식을 취한 것은 하루꼬 때문이었다.

그녀는 거의 두 달 동안 그를 보지 못하자 징징 짜댔기 때문에 경기를 보겠다는 핑계를 대고 훈련에 불참했다.

하긴 하루꼬만 몸이 달아오른 것은 아니다.

그 역시 두 달 동안 섹스를 못 했더니 온몸이 근질거려서 여자 생각이 간절했던 참이었다.

텔레비전에서는 한참 오늘 벌어졌던 UFC 경기가 재방송되고 있었다.

섹스가 목적이었으나 격투기 선수가 UFC 경기를 보지 않는다는 건 말이 되지 않는다.

그랬기에 그는 하루꼬를 만나러 나오기 전 라이브로 경기를 전부 지켜봤다.

오늘 벌어졌던 라이트급 경기와 웰터급 챔피언전은 정말 인상 깊은 것이었다.

강태산과 산체스.

치열한 난타전으로 끝난 경기는 손에 땀이 날 정도로 치열했었다.

하지만 그의 시선을 훨씬 더 잡아끈 것은 웰터급 챔피언전인 카니언과 쇼 홀터의 접전이었다.

비록 판정으로 경기가 끝났지만 두 선수가 보여준 기량은 그를 화면 속으로 빨려들게 만들 정도로 훌륭한 것들이었다.

지금 그가 지켜보고 있는 것도 그 경기였다.

카니언의 완벽한 전투 능력과 쇼 홀터의 복싱과 킥의 조화는 요시다의 피를 끓게 만들기에 충분했다.

한국 놈이 KO로 이긴 라이트급의 경기는 치열했음에도 배울 것이 적었지만 웰터급 챔피언전은 그에게 많은 것을 느끼게 만들었다.

하루꼬가 잠꼬대를 하는 것과 전화벨이 울린 것은 동시에 벌어진 일이었다.

화면에서는 카니언이 승리를 한 후 기쁨에 젖어 활짝 웃는 것이 보였다.

"여보세요?"

―나다.

*   *   *

동경 긴자에 위치한 고급 음식점 '긴자문'에 요시다가 들어선 것은 저녁 6시가 훌쩍 넘은 시간이었다.

소속 팀의 회장인 타카타가 급하게 그를 찾았기 때문에 요시다는 애인인 하루꼬와 한 번 더 섹스를 하고 싶다는 생각을 접고 바지를 입어야 했다.

'긴자문'은 일본 연예인들이 많이 찾을 정도로 고급스럽고 운치가 있는 음식점이었다.

문을 열고 들어서자 타카타가 홍보 담당을 하고 있는 오타니와 함께 앉아 있는 것이 보였다.

"회장님, 급하게 오느라 조금 늦었습니다. 무슨 일이십니까?"

"일단 앉아라."

타카타의 얼굴은 굳어 있었다.

뭔가 일이 생겼다는 것을 알려주는 얼굴이었다.

그랬기에 요시다는 슬며시 얼굴을 찡그리며 그의 맞은편에 앉았다.

"요시다, 오늘 경기 봤나?"

"봤습니다."

"강태산의 경기는 어땠던가?"

"꽤 하더군요. 제법 재밌는 놈이었습니다."

"네가 이길 가능성은?"

"관장님, 그놈은 제 상대가 안 됩니다. 잘 아시잖습니까. 제가 했다면 산체스 정도는 1라운드에 끝낼 수 있었을 겁니다."

"자신감이 좋구나, 요시다."

"자신감이 아니라 사실입니다. 그런데 그건 왜 묻는 겁니까?"

"오늘 점심때 UFC 회장인 하리 톰슨한테서 전화가 왔다. 그 자는 네가 UFC 455에서 강태산과 싸우기를 원하고 있다."

"말도 안 되는 소립니다. 어제 경기를 끝낸 놈이 나와 싸우겠다는 건 죽겠다는 것과 마찬가집니다. 놈이 그냥 해본 말을 톰슨이 확대해석하는 거 아닙니까?"

타카타의 말을 들은 요시다가 황당한 표정을 지었다.

너무나 말도 안 되는 이야기가 타카타의 입에서 나오자 믿을 수 없다는 얼굴이었다.

격투기 경기를 치르기 위해서는 꽤 많은 시간이 필요하다.

특히 금방 경기를 마친 선수는 최소 한 달 이상은 휴식을 취해야 몸을 회복할 수 있었다.

어제 경기에서의 강태산같이 치열한 접전을 펼친 놈은 그 기간이 훨씬 더 필요했다.

그랬기에 경기가 끝나고 강태산이 떠드는 소리를 듣고도 가소롭다는 듯 웃고 말았다.

강태산이 랭킹 10위를 이기자 쇼맨십을 발휘한 것이라 생각했던 것이다.

하지만 요시다의 말을 듣고도 타카타의 표정은 전혀 변함이 없었다.

그는 뭔가 중요한 결정을 앞에 둔 사람처럼 심각한 얼굴로 요시다를 노려보고 있었다.

"톰슨은 네가 다음 시합에서 강태산을 이기면 곧바로 챔피언 도전권을 주겠다는 약속을 해왔다. 그뿐만이 아니야. 파이트머니도 배를 지불하겠다는 약속을 했단 말이다."

"정말… 어이없는 일이군요. 내 상대였던 폴 마크는 어쩌고요?"

"폴 마크는 톰슨이 알아서 처리하겠다고 했다."

"그자가 정말로 그럴 생각을 가진 모양이군요."

"톰슨이 농담이나 할 놈은 아니지. 어쩔 테냐? 하겠나?"

"제가 그놈을 이기면 정말 타이틀전을 가질 수 있는 겁니까?"

"그건 걱정하지 마라."

"그렇다면 하겠습니다. 기어이 죽겠다면 할 수 없지요. 가소로운 놈이군요, 그놈은… 겨우 두 번 이겨놓고 세상 무서운 줄을 모르고 날뛰었으니 죽는다 해도 할 말이 없을 겁니다. 놈에게 세상이 얼마나 무서운지 뼈저리게 느끼도록 만들어주겠습니다."

*　　　　*　　　　*

최유진은 가슴을 졸이며 핸드폰을 들었다.

어젯밤에 방송된 강태산 특집 방송은 놀랍게도 시청률이 7%를 찍었다.

격투기 선수에 대한 특집 방송이 7%를 찍었다는 건 드라마 시청률로 봤을 때 30%을 찍은 것과 마찬가지였다.

국장은 마치 미친 사람처럼 웃으며 기뻐했고 만나는 사람마다 칭찬을 하느라 정신이 없었다.

하지만 그의 칭찬은 스스로에게 하는 것이었다.

그의 머리에서 나왔고 그가 직접 기획했으니 국장은 타고난 여유가 맞았다.

약속대로 국장은 특집 방송이 대박 터지자 일식집에 직원들을 모아놓고 회식을 벌여주었다.

이제까지 회식은 기껏해야 고깃집이 전부였는데 비싼 일식집까지 간 걸 보면 기분이 좋았긴 좋았던 모양이었다.

그러나 최유진은 그 자리에서 돌아오며 가슴에 무거운 돌을 얹어놓은 것 같은 압박감을 받아야 했다.

국장이 지속해서 강태산과의 인터뷰를 받아내야 한다며 협박을 했기 때문이었다.

그리고 오늘.

정말 하기 싫었지만 그녀는 어쩔 수 없이 전화기를 들어야 했다.

"김 코치님, 안녕하세요. 최유진이에요."

ㅡ아, 최 기자님. 어쩐 일이세요.

"먼저 시합에 이긴 거 축하드려요."

ㅡ고맙습니다.

김만덕의 밝은 목소리에 긴장했던 기분이 조금 나아졌다.

최유진의 목소리가 조금 올라간 것은 그때부터였다.

"지금 한국에서는 강태산 신드롬이 생겼어요. 너무 멋진 경기라서 전 국민이 봤을 정도예요."

ㅡ정말이에요?

"포털 사이트 검색어 1위에까지 올랐어요."

ㅡ우와, 우리 형 유명 인사 됐네요.

"언제 귀국하세요?"

—내일요.

"김 코치님, 이번에는 정말 저 좀 도와주세요."

—왜요?

"저번처럼 이번에도 인터뷰 못 해 가면 기자 생활 그만둬야 할 것 같아요. 우리 국장님이 사표 써 오라고 했어요."

—그러면 안 되는데……

"부탁 좀 드려요."

—알았습니다. 제가 최선을 다해볼게요.

*   *   *

강태산이 요시다와의 대결이 확정되었다는 소식을 들은 건 귀국을 하기 위해 공항으로 가고 있을 때였다.

역시 일의 진행은 그의 예상대로 흘러갔다.

UFC 쪽에서는 아마 적극적으로 요시다 측을 설득했을 것이다.

사업을 하는 놈들은 돈이 된다면 무슨 짓이라도 하는 자들이니까.

강태산이 전화기를 접고 만족스러운 웃음을 짓자 옆에 탔던 김 관장의 얼굴이 일그러졌다.

김 관장이 불쑥 물어온 건 강태산의 전화받는 태도에서 뭔가를 느꼈기 때문이었다.

"뭐냐?"

"뭐가요?"

"그 전화 뭐냐고. 왜 거기서 요시다 이야기가 나와. 누구한테서 온 거냐?"

"톰슨입니다."

"UFC 회장?"

"맞습니다. 다음 경기에서 요시다와의 시합이 결정되었다는군요."

"누가, 너 말이냐?"

"여기에 나 말고 누가 있겠습니까."

"야, 이 미친놈아!"

강태산의 말을 들은 김 관장이 기어코 고함을 질렀다.

강태산이 특별한 놈이란 건 안다.

20일 전에 갑작스럽게 출전을 강행한다고 했을 때 버럭버럭 소리를 지르면서도 시합을 준비한 것은 그동안 그가 해왔던 행태를 봐왔기 때문이었다.

강태산은 언제나 시합이 잡히면 한 달 전에야 어슬렁거리고 나타나 훈련을 하고 링에 올랐다.

그러면서도 언제나 이겼다.

하지만, 이번에는 상황이 달랐다.

치열한 격전을 치렀기 때문에 휴식을 취하지 않으면 치명적인 위험에 빠질지도 모른다.

인간의 몸은 한계를 넘어버리면 급격하게 망가지기 때문에 한 달 만에 다시 시합을 치른다는 건 말도 안 되는 일이었다.

그랬기에 그는 강태산을 노려보면서 눈을 부릅떴다.

"다시 전화해. 그냥 해본 소리라고."

"관장님, 이미 결정된 일입니다."

"정말 죽고 싶은 거냐?"

"새삼스럽게 왜 이러세요. 요시다하고 싸우고 싶다는 말을 할 때는 가만히 계시다가 이제 와서 화를 내시면 어떡합니까?"

"그때는 그냥 해보는 소린 줄 알았지."

"제가 언제 흰소리하던가요?"

"넌 어제 시합 치른 놈이다. 다른 건 몰라도 이 시합은 절대 안 돼. 그러니까 까불지 말고 내 말 들어!"

"요시다 측과 이미 얘기가 끝났답니다. 이제 와서 돌이키기에는 너무 늦었어요."

"이… 전화해, 지금. 내가 무효로 할 테니까. 이 새끼들이 양심이 있어야지. 금방 시합 끝낸 놈이 한 말을 그대로 믿는 새끼들이 어디 있어!"

"영어 못하시잖아요. 톰슨이 알아듣지도 못할 텐데요?"

"너 지금 나 약 올리는 거냐. 나 핏발 선 거 안 보여?"

"걱정하지 마세요. 절 못 믿습니까?"

"믿지, 하지만 지금은 아니다. 요시다와는 나중에 붙어도 돼. 태산아, 우리 충분히 쉰 다음에 붙자. 그러니까 내 말 들어."

"관장님 돈 있습니까?"

"무슨 돈?"

"지금 취소하면 위약금을 물어야 됩니다. 그것도 많이."

"야, 인마. 내가 아무리 무식해도 그 정도는 안다. 계약도 안 했는데 무슨 위약금을 물어. 그런 말도 안 되는 말이 어디 있어?"

"계약을 왜 안 합니까. 기억 안나요? UFC 측과 6게임 계약 맺었잖아요. 지금 톰슨은 벌써 요시다 측에게 오퍼를 모두 마치고 기존 상대였던 폴 마크에게도 통보를 한 상탭니다. 지금 시합을 취소하면 위약금을 물어야 해요."

"아이고… 머리야. 강태산, 넌 어째… 나를 이렇게 괴롭히냐, 이놈아!"

김 관장이 머리를 싸매고 뒤로 누웠다.

생각하면 생각할수록 환장하고 미칠 노릇이었기 때문이었다.

옷을 입은 상태에서는 멀쩡하게 보여도 강태산의 몸은 전신이 멍투성이로 변해 있었다.

요시다.

인파이팅과 아웃파이팅을 자유자재로 변환시킬 수 있고 주짓수의 능력도 뛰어난 강자 중의 강자.

산체스도 강했지만 객관적인 평가에서 요시다는 그보다 한 수 위의 전력을 갖춘 전사였다.

그런 놈과 체력조차 제대로 회복하지 못하고 싸운다는 것은 자살행위나 다름없다는 게 그의 생각이었다.

김 관장이 머리를 감싼 채 끙끙거리며 신음을 흘리고 있는 것은 그런 판단을 내렸기 때문이었다.

그러나 강태산은 그의 속도 모르는 채 다정하게 어깨를 감싸 왔다.

"관장님, 우리 한국 돌아가면 맛있는 거 먹으러 갑시다. 여기 음식은 기름져서 속이 다 메스꺼워요."

"저리 비켜!"

"삼겹살에 소주 한잔 어때요. 좋죠?"

"이놈아, 네가 날 죽였다 살렸다 하는구나."

"그만 화내고 기분 푸세요. 내가 이깁니다. 요시다는 충분히 때려잡을 수 있으니까 관장님은 걱정하지 마시고 지금처럼만 하시면 돼요."

"태산아. 아무리 그래도 이건 아니다."

"이미 엎질러진 물입니다."

"죽는 것보다는 엎질러진 거 다시 주워 담는 게 나아. 까짓 거 돈 물어주자. 얼마라냐? 체육관 팔고 내가 거지로 살아도 그것만은 절대 안 돼."

"전 해야 됩니다. 동생 학비 때문에 돈 벌어야 되거든요."

"거짓말하지 마, 인마. 네가 동생이 어디 있어!"

"있어요. 그것도 셋이나. 돈 다 날리면 걔들 학비는 어떻게 합니까."

"우와, 미치겠네."

"자, 고정하시고. 물 마시세요. 요시다는 제가 잘 요리할 테니까 걱정하지 마시고요."

"몰라, 인마. 다 네가 알아서 했으니까 네 마음대로 해!"

김 관장의 목소리가 조금 누그러졌다.

강태산이 강한 자신감을 보이자 머리를 감싼 채 감고 있던 김 관장의 눈이 슬며시 떠졌다.

믿을 수 없을 정도로 강하고 누구보다 정이 깊은 놈이다.

강태산은 그에게 은인이자 제자이며 자식 같은 사람이었다.

걱정은 되었으나 이번에도 믿을 수밖에 없다.

동생이 셋이나 있다는 소리는 처음 듣는 거지만 눈치를 보니 거짓말 같지는 않았다.

정말 그렇다면 계약 위반으로 위약금을 물었을 때 무척 곤란한 일이 생기고 말 것이다.

그랬기에 그는 강태산이 전해주는 물병을 받아 들고 벌컥벌컥 들이마셨다.

눈치를 보던 김만덕이 슬쩍 끼어든 것은 분위기가 조금 나아졌기 때문이었다.

"형, 삼겹살 먹을 때 최 기자도 부를까?"

"그 여자는 왜?"

"그냥, 분위기 좋아지잖아."

"너 또 전화받았지?"

"어떻게 알았어?"

"넌 도대체 내 코치냐, 최 기자 첩자냐?"

"둘 다."

김만덕이 징그러운 표정을 지으며 웃었다.

놈은 그게 애교라고 생각하는 모양이었다.

그의 표정에 강태산이 먼저 웃음을 터뜨렸고 뒤이어 김 관장이 어이없다는 듯 너털웃음을 흘렸다.

김만덕이 자신 있게 소리를 지른 것은 두 사람의 입에서 웃음이 지워졌을 때였다.

"이번에는 한일전이네. 형, 이왕 결정했으니까 우리 화끈하게 가자. 일본 놈한테 질 수는 없으니까 농땡이 피울 생각 하지 마라. 삼겹살 먹은 다음부터 지옥훈련이다. 그러니까 각오해. 알았지!"

*　　　*　　　*

김 관장은 김만덕과 함께 인천국제공항에 도착한 후 공항을 빠져나오다가 기자들에게 둘러싸여 생고생을 해야 했다.

강태산은 처음처럼 먼저 사라졌기 때문에 그들만 남아서 기자들의 등쌀에 시달렸던 것이다.

하지만, 그 등쌀은 주인공인 강태산이 없었기에 얼마 지나지 않아 금방 끝이 났다.

기자들은 강태산이 보이지 않자 두 사람에게 꼬치꼬치 캐묻다가 몇 가지 질문만 던지고 사라졌다.

"도대체 이 인간, 우리만 남겨두고 튀다니 괘씸하기 짝이 없네."

"급한 일이 있다잖냐."

"급한 일이 뭐가 있겠어요. 기자들 피하려고 한 짓이지."

"그놈 참. 기자들 질문에는 잘만 대답하드만 이제 와서 불퉁거리는 건 무슨 심보야?"

"같이 있었으면 훨씬 폼 났을 테니까 그런 거죠. 옆에서 근사하게 같이 사진 찍으면 얼마나 좋아."

"얼씨구 이놈이 잿밥에만 관심이 있었네. 그나저나 태산이가 몇 시까지 온다고 그랬지?"

"7시요."

"최 기자도 불렀어?"

"형이 불러도 괜찮다고 했어요."

"밥값 낸다냐?"

"아버지, 우리도 조금 있으면 부자 될 건데 너무 짠돌이처럼 살지 맙시다."

"우리가 어떻게 부자가 돼?"

"태산이 형이 챔피언 먹으면 당연히 우리도 부자 되는 거 아니에요?"

"이놈은 생각하는 게 꼭… 얼른 가자, 짐 풀고 가려면 시간이 빠듯하겠다."

서울의 교통 상황은 역시 최악이다.

김만덕은 아버지를 대신해서 혼자 짐을 풀고 부랴부랴 출발했지만 이태원까지 약속 시간에 가기에는 시간이 빠듯했다.

두 사람이 '농부네'에 도착했을 때는 7시 20분이 넘고 있었다.

'농부네'는 강태산이 정한 삼겹살 전문점이었는데 고기를 상추 대신 얇게 저민 전병에 싸 먹는 곳으로 꽤나 유명한 맛집이었다.

문을 열고 들어서자 사람들로 북적이는 홀이 나타났다.

얼마나 사람들이 많은지 백여 평에 달하는 홀에 손님들이 꽉 차 있는 상태였다.

그러나 두 사람은 굳이 일행을 찾으려 애쓸 필요가 없었다.

밝게 빛나는 한 줄기 찬연한 꽃.

홀을 가득 채운 사람들은 창가에 앉아 있는 최유진을 힐끔힐끔 바라보고 있었는데 흰색 투피스를 입은 그녀는 수많은 사람들 속에서도 우아하고도 아름다운 빛을 도도하게 뿜어내고 있었다.

그녀는 창밖을 바라보며 생각에 잠겨 있는 것처럼 보였다.

사람들의 시선이 자신에게 향하고 있다는 것을 모르는 듯 창가에 시선을 고정시킨 채 움직이지 않았다.

청초한 모습.

전 국민이 알 정도로 유명했던 야구여신은 그저 앉아 있는 것만으로도 한 폭의 그림이었다.

"일찍 왔어요?"

"김 코치님. 안녕하세요, 관장님."

"뭘 그렇게 생각하고 있었어요?"

"생각하고 있었던 게 아니라 걱정하고 있었어요. 시간이 돼도 안 오시길래 바람맞은 줄 알았단 말이에요."

"하하, 그럴 리가요."

최유진이 울 것 같은 표정으로 바라보자 김만덕이 고개를 마구 흔들었다.

그는 최유진의 말이라면 뭐든지 들어줄 준비가 되어 있는 것 같았다.

"그런데 강태산 선수가 안 보이네요?"

"그놈은 원래 조금 늦어요. 금방 나타날 겁니다."

"아… 예."

김 관장의 말에 최유진의 불안했던 눈빛이 금방 가라앉았다.

김 관장이 자리에 앉으면서 종업원을 부른 것은 김만덕이 전화기를 들었을 때였다.

"전화하지 마라. 어차피 전화해도 안 받잖아."

"그래도요."

"강 선수가 전화를 안 받아요?"

"그놈은 거의 전화를 받지 않아요. 전화기를 팽개치고 다니는지 지금까지 한 번도 통화하지 못했어요."

"설마요."

"설마는 무슨. 봐요, 저놈이 올 때 전화를 세 번이나 걸어봤지만 통화를 못 했어요. 지금도 안 받잖아요."

최유진이 믿지 못하겠다는 표정을 짓자 김 관장이 태연하게 김만덕을 가리켰다.

김만덕은 전화기를 들고 한참을 기다리다가 통화를 못 하고 입맛을 다시며 전화기를 내려놓는 중이었다.

"언제 올지 모르니까 일단 시킵시다. 이 집이 그렇게 맛있다고 그놈이 떠들었으니까 오기는 올 겁니다."

"네."

종업원이 다가오는 걸 확인한 김 관장이 음식을 시켰다. 그는 강태산이 도착하지 않았는데도 항상 그랬던 것처럼 조금도 주저함을 보이지 않았다.

"오다 보니까 방송국 차가 있던데 최 기자가 타고 온 거요?"

"혹시 인터뷰를 할 수 있을까 해서요."

"같이 밥 먹자고 했으니까 해주겠지. 차에 몇 사람 타고 있던데 그 사람들은 밥 먹었소?"

"따로 먹는다고 했어요."

"그럼 우리 먼저 먹읍시다."

"태산 씨가 아직 안 왔잖아요."

"신경 쓰지 마세요. 그놈은 늦게 와도 먹을 건 다 먹으니까."

"아버지, 신경 써야겠는데요. 태산이 형은 양반 되긴 글렀어요."

김막덕의 눈이 돌아간 곳에 강태산이 걸어오고 있었다.

강태산은 늦게 왔으면서도 미안한 표정조차 짓지 않고 태연하게 빈 의자에 앉으며 김 관장을 바라보았다.

"시키셨죠?"

"그래."

"많이 시켜야 될 텐데요. 오늘 만덕이 영양 보충하는 날이잖아요."

"이거 왜 이래, 형. 나를 돼지로 몰지 마라. 그리고 삼겹살은 형이 먹고 싶어 했잖아."

"그런가… 하여간 먹어봐라. 이 집 삼겹살은 먹으면 먹는대로 들어갈 만큼 맛있어. 최 기자는 그동안 잘 지내셨습니까?"

"예, 강 선수 시합 잘 봤어요. 승리한 거 정말 축하해요."

"고맙습니다."

"제가 무리하게 김 코치님한테 부탁해서 참석했어요. 혹시 불편한 건 아니죠?"

"불편하죠. 최 기자가 너무 예뻐서 주변 사람들이 전부 쳐다보잖아요."

"아……."

그때서야 최유진은 사방에서 자신을 바라보는 사람들을 확인한 후 얼굴을 붉혔다.

그는 인터뷰를 해야 된다는 생각 때문에 사람들의 시선을 신경 쓰지 못한 모양이었다.

강태산의 입이 다시 열린 것은 최유진이 미안한 표정을 지을 때였다.

"저번에 약속한 것처럼 밥값이나 내세요. 인터뷰는 해줄 테니까."

"고마워요."

"여긴 식당이라 인터뷰하기가 어려울 겁니다. 밥 먹고 어디 한적한 곳에 가서 하는 게 어때요?"

"그래야 될 것 같아요."

"좋습니다. 그럼 일단 먹읍시다."

강태산이 장담한 대로 삼겹살은 정말 맛있었다.

김만덕은 혼자서 4인분이나 먹었기 때문에 일행이 먹은 건 모두 8인분이나 되었다.

오랜만의 회식이었으니 소주도 제법 마셨다.

김 관장도 많이 마셨지만 강태산 역시 주는 술을 마다하지 않았고 의외로 최유진도 제법 주량이 셌기 때문에 식사를 마쳤을 때 식탁에는 소주병이 5병이나 비워진 채 놓여 있었다.

김 관장은 혼자서 소주를 두병이나 마신 후 술이 얼근하게 취해 김만덕의 부축을 받으며 들어갔고 강태산 혼자 인터뷰를 위해 가까운 카페로 자리를 옮겼다.

최유진이 사인을 보내자 카메라맨이 따라붙었다.

촬영은 그들 자리에 커피가 놓이고 난 후부터 시작되었다.

그녀의 질문은 미국에서 기자회견 때 받았던 것과 거의 똑같은 것이었다.

이번 시합에 관한 것들, 20일이라는 짧은 시간에 그토록 멋진 경기를 할 수 있었던 훈련 과정에 대해 물었고 산체스와의 경기에 임했던 각오와 경기 내용에 대한 것들이었다.

그리고 그녀 역시 마지막 질문은 요시다에 관한 것이었다.

"강태산 선수는 시합이 끝나고 인터뷰에서 현재 랭킹 5위에 올라 있는 요시다와의 경기를 원했습니다. 금방 경기를 마친 선수가 불과 한 달 후의 경기를 언급한 걸 보고 팬들은 쇼맨십이라고 생각하고 있어요. 혹시 거기에 대해서 말해줄 수 있나요?"

"저는 원하는 것을 말했을 뿐입니다. 그리고 요시다와의 경기는 제가 말한 대로 진행될 겁니다."

"무슨 말씀이시죠?"

"다음 달 UFC 455에서 요시다와 시합을 하는 것으로 결정되었다는 걸 말씀드리는 겁니다."

"그게… 정말 사실인가요?"

"오늘 UFC 회장인 톰슨에게 통보를 받았습니다. 그가 요시다 측과도 협상을 끝낸 것으로 알고 있습니다."

"톰슨 회장이 직접 전화를 해왔다는 말인가요?"

"그렇습니다."

"그렇다면 곧 UFC 측에서도 발표를 하겠네요?"

"당연히 그럴 겁니다."

강태산의 대답에 최유진은 물론이고 카메라를 돌리고 있던 카메라맨까지 온몸이 흔들렸다.

특종.

이건 정말 엄청난 특종이었기 때문이다.

그랬기에 최유진은 카메라맨에게 잠시 전원을 오프시키라는 부탁을 한 후 급히 물었다.

"태산 씨, 혹시 이거 다른 언론들도 알고 있나요?"

"내가 말했잖습니까. 나와 관련된 소식은 최 기자에게만 주겠다고."

"그렇다면 모른다는 뜻이네요."

"당연히."

"고마워요. 정말… 고마워요."

최유진의 호흡이 거칠어졌다.

그녀는 강태산을 만난 것만으로도 다행이라고 생각했는데 말도 안 되는 특종을 얻게 되자 무척이나 흥분한 것처럼 보였다.

그럼에도 그녀는 금방 안색을 고친 후 인터뷰를 마무리했다.

기자의 본능.

인터뷰를 마무리한 그녀는 즉시 카메라맨에게 필름을 회사에 넘겨달라는 부탁을 잊지 않았다.

특종은 일분일초도 시간을 낭비해서는 안 되기 때문이었다.

카메라맨이 장비를 챙겨 들고 나가는 것을 보며 강태산이 빙그레 웃음을 지었다.

"최 기자는 안 가봐도 됩니까?"

"벌써 10시가 넘었잖아요. 지금 가도 제가 할 일은 아무것도 없어요."

"그렇다면 일어납시다. 너무 늦게 들어가면 동생들한테 혼나거든요."

"동생들이 있나 봐요?"

"그럼요, 셋이나 있습니다."

강태산은 물론이고 최유진도 차가 없었기 때문에 두 사람은 식당에서 나와 지하철역을 향해 걸어갔다.

술을 마신다는 생각에 차를 두고 왔기 때문인데 집에 가기 위해서는 지하철이 가장 빨랐다.

이태원 거리를 걷는 두 사람은 마치 연인처럼 보일 정도로 어깨를 나란히 한 채 걸었다.

최유진의 독보적인 미모가 눈부셨지만 강태산의 얼굴도 그에 못지않게 잘생겼기 때문에 두 사람이 나란히 걷자 지나가는 사람들이 전부 한 번씩 눈길을 주었다.

식당에서 지하철까지의 거리는 1㎞나 떨어져 있어 두 사람은 거리를 가득 메운 사람들과 상가들을 구경하며 천천히 걸었다.

이태원은 젊은이들의 거리기도 했지만 외국인들의 거리기도 했다.

특히 미군들은 외출을 나오면 이태원에서 모든 시간을 보낼 정도로 눈에 많이 띄었다.

"여기 자주 오세요?"

"아닙니다. 김 코치가 삼겹살 얘기를 해서 오랜만에 나왔습니다. 그 집 맛있었지요?"

"네, 정말 맛있었어요."

"음식값이 제법 나왔겠지만 기삿거리를 줬으니까 미안해하지 않을 겁니다."

"그럼요. 오히려 제가 고마운걸요."

"그렇다면 다음에도 얻어먹어야겠군요."

"호호… 제 돈으로 사는 게 아니니까 걱정하지 마세요. 다음에는 좋은 곳에서 정말 맛있는 거 사드릴게요."

"그럽시다."

"그런데, 저기 무슨 일 있나 봐요. 사람들이……."

최유진의 시선이 사람들이 모여 있는 곳으로 향했다.

꽤 많은 사람들이 골목 안을 지켜보고 있었는데 가끔가다 비명 소리도 흘러나오고 있었다.

여자들의 비명 소리.

뭔가 잔인하거나 끔찍한 것을 봤다는 뜻이다.

그랬기에 두 사람의 걸음이 자연스럽게 사람들 속으로 들어갔다.

골목 안의 광경.

폭이 5m 되는 골목에는 시커먼 그림자들이 누군가를 가운데 두고 구타를 하는 중이었다.

그림자의 정체는 금방 알 수 있었다.

미군들이다.

그리고 맞고 있는 사람들은 휴가를 나온 것처럼 보이는 두명의 한국 군인들이었다.

그들은 미군 7명에게 둘러싸여 돌아가며 구타를 당하고 있는 중이었는데 몰골이 엉망진창으로 변해 있었다.

금방 봐도 싸웠다는 것을 알 수 있었다.

분명 시비가 걸려서 싸움이 벌어졌다가 숫자에서 밀려 진 것으로 보였다.

강태산은 인상을 찡그린 채 그 광경을 보다가 주변에 둥그렇게 선 채 소리를 지르는 사람들을 바라봤다.

여대생으로 보이는 아가씨는 그만하라며 비명을 질렀고 몇몇 사람들은 항의를 하며 소리를 쳤지만 대부분의 사람들은 그저 자신과 상관없다는 듯이 팔짱을 낀 채 방관하고 있었다.

강태산은 잠시 동안 그 모습을 바라보다가 최유진을 데리고 군중 속을 빠져나와 지하철역으로 걸어갔다.

그런 후 지하철역에 도착하자 최유진에게 작별 인사를 건넸다.

"여기서 헤어져야겠군요. 나는 볼일이 있어서 다른 곳에 들러야 할 것 같습니다."

"태산 씨, 혹시……."

"혹시 뭐 말입니까?"

"아까 거기로 가는 건 아니죠?"

"싸우는 곳 말인가요?"

"예."

"나는 시합을 앞두고 있는 격투기 선수입니다. 내가 그렇게 무모한 사람으로 보입니까?"

"아니라면 다행이에요."

"걱정 마시고 들어가세요."

"오늘 정말 고마웠어요. 그리고 종종 체육관으로 찾아갈게
요. 이제는 처음 봤을 때처럼 거칠게 대하지 않을 거죠?"

"그런 일은 절대 없을 겁니다."

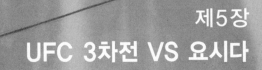

제5장
UFC 3차전 VS 요시다

강태산은 최유진과 헤어진 후 청룡의 강태산으로 얼굴을 변화시켰다.

그러고는 빠르게 사람들이 모여 있는 곳으로 향했다.

최유진에게는 다시 돌아가지 않겠다고 했지만 지금의 그는 격투기 선수가 아니라 대한민국을 수호하는 청룡이었다.

그냥 갈 수도 있었으나 그래서는 안 된다.

이 땅은 대한민국의 것이었고 대한민국의 군인이 미군의 주먹에 얻어맞는 것은 절대 벌어져서는 안 되는 일이었다.

백 미터의 거리가 순식간에 압축되었고 눈 깜짝할 사이에 골목길로 들어선 강태산은 아직까지 군인들을 구타하고 있는 미군들의 앞으로 나아갔다.

"멈춰!"

"넌, 뭐야?"

"대한민국의 국민이다, 이 새끼들아."

강태산이 앞으로 나서자 미군들이 가소로운 표정으로 그의 앞을 막아왔다.

아직도 네 놈은 뒤쪽에서 구타를 멈추지 않고 있었다.

강태산은 다가온 세 놈을 향해 몸을 날렸다.

현천기공을 쓸 필요도 없었고 태을경공을 발휘할 이유도 없었다.

놈들은 강태산이 급격하게 다가가자 주먹을 날려왔으나 빈 허공만 갈랐다.

차례차례.

한 놈당 서너 번의 주먹이 작렬했다.

번개 같은 움직임이었고 주먹은 그보다 훨씬 더 빨랐다.

퍽, 퍽, 퍽!

세 놈이 골목길의 구석에 쓰레기처럼 처박히는 데 걸린 시간은 단 5초에 불과했다.

강태산은 쓰러진 놈들을 지나 뚜벅뚜벅 앞으로 걸어갔다.

뒤쪽에 있던 나머지 네 놈은 일행이 쓰러지자 이를 드러내며 앞으로 나왔으나 결과는 마찬가지였다.

이 새끼들은 먼저 쓰러진 놈들보다 더 악질이다.

그랬기에 강태산은 주먹과 발을 동시에 사용했다.

뒤쪽에서 구경하는 사람들의 핸드폰이 천지사방에서 플래시를 터뜨리는 게 느껴졌다.

그들의 눈에는 한 편의 무협 영화처럼 보였을 것이다.

강태산의 몸이 공중을 붕붕 날아다녔다.

벽을 찍고 날아올라 두 명의 미군을 그대로 직격하고 방향을 틀며 나머지 두 놈의 어깨와 다리를 아작냈다.

강태산의 야차 본능은 놈들을 그냥 두지 않았다.

충격을 받은 채 바닥을 기고 있는 놈들을 강태산은 한 놈씩 돌아가며 박살을 냈다.

처량한 비명 소리가 폐부를 찢으며 올라올 때까지.

마지막 놈이 발악하듯 떠든 것은 강태산에 대한 두려움 때문이었을 것이다.

"우리는 미군이다. 함부로 미군을 건드리면 어떻게 되는지 몰라?"

"어떻게 되는데?"

"미국 정부에서 한국 정부에 강력한 항의를 할 거다. 그렇게 되면 너는 무사하지 못해."

"이 새끼야. 미군은 한국 사람을 때려도 되고 한국 사람은 미군을 못 때린단 말이냐. 그런 개 같은 경우가 어디 있어!"

강태산은 발을 들어 그대로 놈의 면상을 짓밟았다.

단 한 방에 정신을 잃어버린 놈을 바라보며 강태산은 천천히 몸을 돌렸다.

미국의 속국.

대한민국을 속국처럼 여기는 미국인의 행동에 분노가 치밀어 올랐다.

무기 하나조차 제대로 못 만들게 간섭을 하면서 폐기 처분이나 되어야 할 재고품을 사도록 강요하는데도 말 한마디 못 하고 개처럼 꼬랑지를 흔들어대야 하는 현실이 너무나 마음에 들지 않았다.

그랬기에 강태산은 과하게 손을 쓰고 말았다.

어느새 쓰러져 있던 한국 군인들이 일어선 채 자신을 바라보고 있는 것이 보였다.

그들을 보자 강태산의 가슴에서 또다시 화기가 솟구쳐 올라왔다.

그것은 뒤쪽에서 핸드폰으로 열심히 사진을 찍고 있는 사람들로 인해 더욱 커졌다.

"소속!"

"우리는… 필승부대 소속입니다. 휴가차 나왔다가……."

"왜 맞았나?"

"술을 마시고 지나가는데 저놈들과 시비가 붙었습니다."

"왜 죽을 각오로 싸우지 않았지?"

"그게… 숫자가……."

"바보 같은 놈들. 숫자는 아무것도 아니었다. 너희들 가슴속에 들어 있는 패배감이 이런 수모를 갖게 만든 것이다. 그건 당신들도 마찬가지야!"

강태산이 구경하느라 열을 올리고 있는 사람들을 향해 소리쳤다.

그의 눈은 시퍼렇게 변해서 군중들을 노려보고 있었다.

"대한민국 땅에서 대한민국의 군인이 맞고 있는데도 구경이나 하고 있는 당신들은 정말 대한민국의 국민이 맞는가. 두려움으로 인해 싸움을 피한다면 우리는 영원히 강한 자들에게 고개를 숙여야 한다. 당신들은 정말 그렇게 살고 싶단 말이냐!"

강태산의 일갈에 소란스러웠던 군중들의 목소리가 잠잠해지더니 아무도 말을 하는 사람이 없었다.

그들은 불같은 눈길로 자신들을 바라보는 강태산의 얼굴을 제대로 바라보지 못했다.

가슴속에 들어 있는 부끄러움을 일깨우는 일갈.

그래, 맞다.

어느샌가 우리는 불의를 보면서도 타인의 일에 관여하지 않는 무심함을 갖게 되었다.

그 무심함의 근본은 두려움이다.

내가 피해를 당할 수도 있다는 두려움.

그러나 뒤돌아서서 도망치듯 빠져나갔을 때 두려움 대신 떠오르는 부끄러움은 결국 자신이 비겁자라는 사실을 알려주는 것이었다.

그랬기에 그들은 강태산의 눈을 바라보지 못하고 길고 긴 한숨을 흘려내야 했다.

강태산이 지하철을 타고 하숙집에 돌아온 것은 11시가 훌쩍 넘었을 때였다.

동생들이 오기 전에 짐만 풀고 잠시 쉬다가 약속 장소로 나왔기 때문에 식구들 얼굴을 보지 못했다.

문을 열고 들어서자 식구들이 늦은 시간임에도 거실에 옹기종기 모여 있다가 한꺼번에 시선을 보내왔다.

거기에는 요즘 들어 얼굴 보기 힘들었던 현수까지 자리를 같이하고 있었는데 강태산이 들어오자 반색을 하는 것이 보였다.

맨 먼저 입을 열어 공격을 해온 것은 은영이었다.

"잘하는 짓이다. 오자마자 어딜 갔다 오는 거야?"

"중요한 약속이 있어서… 늦었는데 왜 다 모여 있어?"

"엄마가 오빠 왔다고 얼굴 보라더라."

"하하… 이모는 제가 온 줄 어떻게 아셨어요?"

"청소하러 들어갔다가 짐이 있어서 알았지. 태산아, 왔으면 전화라도 하지 그랬어."

"죄송해요. 저녁만 먹고 들어올 생각이었는데 생각보다 늦었네요."

"그래, 일단 올라와."

"예."

강태산이 신발을 벗고 거실로 올라서자 식구들이 그를 중심으로 주욱 둘러앉았다.

하여간 이상한 배치다.

그러나 강태산은 태연하게 앉은 후 가운데 놓여 있는 수박을 들었다.

어차피 한 시간 정도는 심문을 받아야 했기 때문에 이제는 아무런 생각이 없었다.

"형, 미국은 좋았어?"

"좋긴 뭘, 맨날 가는 덴데 뭐가 좋았겠냐."

"그래도, 이번엔 어디 갔다 온 거야?"

"캘리포니아 쪽에 갔다 왔다."

"포도 많이 나오는 곳?"

"맞다, 거기가 포도로 유명하지. 내가 포도 사 오려고 했는데 상할 것 같아서 그만뒀다."

"거짓말, 귀찮아서 그랬겠지."

"은영아, 넌 왜 오빠 말을 안 믿냐. 생각해 봐. 미국에서 포도 들고 오는 사람이 어디 있어?"

"그럼 포도 말고 뭐 가져온 거 없냐?"

"속옷……."

"이씨, 또!"

"…사려고 하다가 혼날까 봐 못 사고 루주 사 왔다. 예쁘게 여우로 둔갑해서 남자 꼬시라고."

"정말이야? 어디 있는데?"

"방에 있어. 현수야, 네가 가져와라."

"내 꺼는?"

"미안해, 급히 오느라 공항 면세점 화장품 코너만 들렀다. 다음에 좋은 걸로 사다 줄게."

강태산의 대답에 현수가 입을 주욱 내밀면서 건넌방으로 뛰어가더니 포장지로 예쁘게 싸인 상자를 들고 왔다.

역시 여자들에게는 화장품 선물이 제일 좋다.

상자가 놓이자 권 여사를 포함해서 여동생들의 얼굴에 웃음꽃이 활짝 피었다.

하지만 세 여자는 포장지를 급하게 푼 후 선물을 확인하고 동시에 얼굴을 굳혔다.

"이게 뭐야?"

"왜?"

"색깔이 이게 뭐냐고. 이걸 어떻게 발라."

"난 이 색깔이 제일 예쁘던데. 왜? 마음에 안 들어?"

"살 거면 취향에 맞게 사든가. 어떻게 세 개를 전부 똑같이 분홍색으로 사냐, 촌스럽게!"

"이모도 마음에 안 드세요?"

"아냐, 난 괜찮다. 니들 마음에 안 드니? 그럼 엄마가 다 가져도 돼?"

"그건 아니지. 엄만 욕심도 많아."

"싫다며?"

"그래도 오빠가 사다 준 거니까 촌스러워도 해야지, 어쩌겠어."

권 여사의 말에 은정과 은영이 슬그머니 한 개씩 챙긴 후 강태산을 바라보았다.

여자들의 마음은 정말 뭐가 진심인지 모르겠다.

현수가 불쑥 끼어든 것은 강태산이 수박을 하나 더 집어 들었을 때였다.

"형, 그 동영상 봤어?"

"어떤?"

"지금 실시간으로 동영상이 하나 떴는데 그것 때문에 난리가 아니야. 한번 볼래?"

"뭔데 그렇게 호들갑이야. 귀신이라도 잡았어?"

"귀신보다 더해, 이 사람은."

현수가 주섬거리며 핸드폰을 꺼내더니 급하게 뭔가를 찾은 후 강태산의 앞으로 내밀었다.

여동생들은 이미 봤는지 시큰둥한 표정이었지만 현수는 아직도 흥분이 가라앉지 않은 얼굴이었다.

잠시 동안 멈칫거리던 동영상이 상영되자 강태산의 표정이 굳어졌다.

거기에는 이태원에서 있었던 일들이 고스란히 잡혀 있었던 것이다.

세상 참 무섭다.

"어때, 형. 정말 대단하지?"

"그러네. 뭐 하는 사람인지 몰라도 엄청나다."

"혼자서 7명을 순식간에 해치웠어. 그런데 더 멋있는 건 이 사람이 마지막에 남긴 말인데 지금 인터넷이 그것 때문에 난리도 아니야. 여기 댓글 숫자 봐봐. 이 동영상에만 달린 댓글이 천 개가 넘어."

현수가 침을 튀기며 강태산이 남긴 말을 들려줬다.

자신이 한 말이었지만 새삼 동영상으로 보게 되자 쑥스러움이 몰려왔다.

그럼에도 강태산은 태연한 표정으로 현수의 기대에 부응했다.

"말은 멋있네."

"당분간 이 사람 때문에 인터넷이 뜨거울 거야. 친구들은 이 동영상을 보고 영웅이 출현했다고 말하더라."

"영웅은 무슨. 깡패가 사람 때려놓고 미안하니까 한 말이겠지."

"아니야, 직접 본 사람이 자기 블로그에 올려놓은 글을 보니까 미군이 한국 군인을 때리는 걸 보고 나선 거래. 사람들이 구경만 하고 있으니까 불의를 참지 못했나 봐. 아무리 생각해도 정말 멋있는 사람이야."

"인마, 주먹을 쓰는 놈은 어떤 이유든 잘못을 저지른 거야.

사람이 왜 사람이냐. 이성이 있으니까 사람이잖아. 잘못된 것을 보면 경찰을 불렀어야지 힘 좀 있다고 사람을 저렇게 때리면 되겠어?"

"미군들이 잘못 없는 우리 군인들을 먼저 때렸으니까 그렇지!"

"네가 봤어, 우리 군인이 잘못한 게 없다는 거?"

"그건……."

"다른 사람의 일을 정확하게 알지 못하면서 판단을 내리는 건 무모한 거야. 그러니까 너는 엉뚱한 것에 정신 팔지 말고 열심히 공부나 해!"

*   *   *

요시다가 기자회견을 연 것은 UFC 455의 상대가 강태산으로 변경되었다는 사실이 발표된 후였다.

일본의 격투기 열기는 대한민국의 것에 비할 바가 아니었다.

현재 UFC에서 활약하는 선수만도 23명이었고 역대 챔피언 타이틀을 보유했던 숫자만도 다섯이나 되었다.

프라이드와 K-1으로 이어졌던 일본 격투기의 역사는 이제 완전히 UFC에 동화된 상태였다.

일본의 격투기 열기가 얼마나 대단한지는 시청률을 보면 금방 알 수 있었다.

UFC 경기가 벌어지는 날이면 거리에 차가 한산할 정도였는데 거의 시청률이 25%까지 나왔다.

그랬기에 요시다의 상대가 강태산으로 바뀌었다는 것은 커다란 이슈가 될 수밖에 없었다.

기자회견장에 나타난 요시다의 인사가 끝난 후 제일 먼저 질문을 던진 것은 산케이신문의 켄타로였다.

"요시다 선수. 상대가 한국의 강태산으로 갑자기 바뀌었는데 문제가 없겠습니까?"

"전혀 문제가 없습니다. 어차피 훈련을 열심히 해왔으니 상대가 바뀌었다 해도 아무런 문제가 없을 겁니다."

"폴 마크와 강태산의 스타일은 완전히 다릅니다. 그동안 폴 마크에 맞춰 준비해 왔을 텐데 강태산에 맞추어 새롭게 훈련해야 되지 않겠습니까?"

"강태산은 이제 UFC에서 두 번밖에 싸우지 않은 햇병아립니다. 물론 그자의 장단점을 분석해야겠지만 별문제는 없을 겁니다."

요시다가 자신 있는 얼굴로 대답하자 이번에는 NHK의 다카노리가 나섰다.

"강태산은 두 번밖에 싸우지 않았지만 두 번 다 오늘의 파이트로 선정될 만큼 명경기를 펼쳤습니다. 지금 현지에서는 강태산의 인기가 하늘을 찌를 정도라고 들었습니다. 요시다 선수, 강태산의 치열한 인파이팅을 깰 비책은 있습니까?"

"그자가 그렇게 마음 놓고 인파이팅을 할 수 있었던 것은 상대했던 선수들이 약했기 때문입니다. 하지만 나에게는 안 됩니다. 강태산이 만약 똑같은 전술을 들고 나온다면 그는 지옥을 맛보게 될 것입니다."

요시다의 대답에 기자들의 입에서 동시에 웃음이 터져 나왔다.

그들 역시 그렇게 생각하고 있었기 때문이었다.

강태산이란 듣도 보도 못한 놈이 갑자기 튀어나와 요시다의 상대가 되었을 때 기자들은 모두 의아한 표정을 숨기지 못했다.

격투기 불모의 땅 한국.

한국에서 날고뛴 놈들도 일본에 건너오면 묵사발이 되어 돌아가곤 했으니 그들이 그렇게 생각할 만도 했다.

더군다나 그렇게 격렬한 시합을 끝내고 한 달 만에 출전을 한다는 것은 말도 안 되는 짓이었다.

그들은 모두 격투기의 전문가들이었다.

기술적인 부분은 물론이고 시합의 준비 과정, 컨디션의 회복에 관한 것들도 빠삭한 사람들이었다.

그런 그들이 생각했을 때 한 달 만에 출전을 강행하는 강태산은 죽을 자리를 찾아드는 불나방과 다를 바가 없었다.

요미우미신문의 타카하시가 입을 연 것은 좌중의 웃음이 수그러들 때였다.

"요시다 선수. 우리도 요시다 선수가 강태산을 이길 거라는

데 의심을 갖지 않습니다. 우리의 관심사는 다음 시합입니다. 이번 강태산을 링에 쓰러뜨리면 UFC 회장인 톰슨이 챔피언 타이틀전을 성사시켜 주겠다고 약속했다는 소릴 들었습니다. 그 말이 사실인지 알고 싶습니다."

"그렇습니다. 강태산을 꺾으면 UFC 459에서 맥도웰과의 타이틀전이 벌어지게 될 겁니다."

"그 사실은 언제 결정된 것입니까?"

"삼 일 전에 톰슨에게서 직접 통보받았습니다."

요시다의 대답이 흘러나오자 기자들의 손과 발이 부지런히 움직이기 시작했다.

소문으로만 떠돌던 이야기가 사실로 드러나자 카메라가 정신없이 돌아갔고 기자들은 원고를 송부하느라 부산하게 움직였다.

특종이다.

요시다의 타이틀전이 곧 성사될 거란 소리는 끊임없이 흘러나왔으나 사실로 드러났고 구체적인 일정이 잡히자 그들은 잔뜩 흥분된 얼굴을 숨기지 않았다.

벌써 일본이 UFC에서 챔피언을 배출하지 못한 것이 5년이 넘었다.

그동안 많은 선수들이 타이틀에 도전했으나 번번이 고배를 마셨기에 일본 국민들이 요시다에게 거는 기대는 뜨거웠다.

랭킹 5위에 올라 있었지만 요시다는 랭킹 3위인 폴 마크와의 승부에서 미국 도박사들이 6 대 4의 우세를 점칠 만큼 뛰어난 전사였다.

그들의 질문이 강태산에게서 맥도웰로 넘어간 것은 타이틀전이 가지는 무게감이 그만큼 크기 때문이었다.

기자들은 이미 요시다가 강태산을 간단하게 때려눕힐 거란 사실에 한 치의 의심조차 갖지 않고 맥도웰과의 타이틀전에 온 신경을 기울이고 있었다.

                    *   *   *

강태산은 이태원에서 벌어졌던 동영상을 그다음 날 바로 처리했다.

죄송하다는 말과 함께 최 국장에게 부탁하자 그는 경찰 사이버 수사대는 물론이고 각종 인터넷 관련 정보기관을 모두 동원해서 동영상의 유포를 막았다.

"이 미친놈아, 차라리 광고하고 다녀라. 어디 할 짓이 없어서 미군을 패. 그놈들이 너 찾겠다고 시퍼렇게 두 눈 부릅뜨고 있는 거 몰라!"

최 국장이 화를 낸 것은 당연한 일이었다.

대한민국 최후의 비밀 병기가 사람들 앞에서 사고를 쳤으니 어쩌면 미국은 그를 찾아내기 위해 벌써 움직였을지도 모른다.

하지만 강태산은 태연했다.

세상에 어떤 조직이 나서도 그를 찾아내지는 못한다.

CRFC 특수 조직을 이끌고 있는 코드네임 청룡은 세상에 존재하지 않는 그림자였다.

그의 주민번호는 수도 없이 많았고 격투기 선수와 여행사 직원으로 쓰는 것도 원래의 것과는 전혀 다른 것이었다.

강태산은 훈련을 하는 동안 김 관장에게 체육관 문을 봉쇄하도록 부탁했다.

워낙 많은 기자들이 찾아왔는데 그중에서는 일본 기자들도 상당수 포함되어 있었다.

다른 얼굴로 변장한 채 체육관의 뒷문으로 들어갔다가 뒷문으로 빠져나왔기에 기자들은 아무도 그가 체육관에서 훈련하고 있다는 것을 알지 못했다.

"다른 데다가 전지훈련장을 마련한 거 아니에요?"

"아무래도 그런 것 같아. 벌써 15일째 그림자도 보지 못했잖아."

"큰일 났어요. 지금 우리 방송에서는 연일 광고를 때리고 있는데 인터뷰도 못 했으니 어쩌면 좋아요."

JYN의 김숙영은 평소에 알고 지내던 한영스포츠의 윤기현과 대화를 나누며 울상을 지었다.

이번 UFC 455는 치열한 경합 끝에 TCN을 누르고 JYN이 중계권을 따냈다.

JYN은 강태산의 경기를 두 번이나 소홀히 했다가 경쟁사인 TCN에게 카운터펀치를 맞은 후 생각보다 훨씬 커다란 금액을 베팅해서 중계권을 확보했던 것이다.

TCN에서는 강태산의 경기를 수없이 재방송하면서 울궈 먹었는데 그것만으로도 투자 금액을 확실하게 뽑았다는 평가를 받고 있었다.

그랬기에 JYN의 스포츠국장은 직접 나서서 이번 중계권을 직접 챙겨 TCN을 누르는 쾌거를 이뤄냈다.

중계권을 확보한 JYN은 거의 매일 광고를 때리며 시청률을 확보하기 위해 총력전을 벌이는 중이었다.

13전 13승 13KO.

정말 매력적인 전적이었다.

더군다나 보는 이들의 피를 끓게 만들어 버리는 강태산의 인파이팅은 상품성으로도 최고였다.

문제는 그렇게 광고를 때려내면서 강태산과의 인터뷰를 확보하지 못했다는 것이었다.

중계를 흥행시키기 위해서는 예고와 더불어 인터뷰와 훈련 영상이 들어가야 최고의 시너지 효과를 발휘할 수 있는데 강태산은 코빼기도 볼 수 없었으니 미치고 펄쩍 뛸 노릇이었다.

김숙영이 울상을 짓고 있는 것은 국장에게 내일까지 반드시 강태산의 인터뷰를 확보하라는 지시를 받았기 때문이었다.

하지만 만덕체육관은 오늘도 굳게 문이 잠긴 채 열릴 기미를 보이지 않고 있었다.

"에이, 씨발놈. 난 가야겠다."

"왜요?"

"그 새끼 지가 무슨 영웅인 줄 아나 본데 정말 더러워서 못 해먹겠어. 어디 얼마나 잘났는지 두고 보자고."

윤기현이 들고 있던 수첩을 두들기며 신경질을 냈다.

그 역시 거의 매일처럼 왔다가 허탕을 치고 돌아갔다.

그것은 주변에 있던 스포츠 관련 신문기자들과 방송국 기자들도 마찬가지였다.

대한신문의 이봉철이 맞장구를 친 것은 윤기현과 마찬가지 심정이었기 때문일 것이다.

"공항에서 기다리다가 허탕 친 게 벌써 두 번이야. 그것이라면 말을 안 해. 관장조차 전화를 받지 않는다고. 씨발, 인기 좀 얻었다고 이놈들 너무한 거 아냐?"

"TCN의 최유진과는 두 번이나 인터뷰했잖아요."

"그러니까 더 열 받지. 다른 기자들은 전부 병신 만들어놓고 개하고만 인터뷰를 하는 건 무슨 경우냐. 씨발놈이 생각할수록 열 받네."

"내 말이 그 말이야. TCN에서 인터뷰한 거 가지고 끄적거리니까 위에서는 나보고 차라리 나가 죽으란다. 이거, 이래서 살겠냐. 억울해서 이렇게는 더 이상 못 살겠다."

이번에 나선 것은 화운스포츠의 방희원이었다.

입에 거품을 물어대는 그의 얼굴을 보니 당하긴 많이 당한 모양이었다.

윤기현이 수첩을 더욱 세게 두드리며 발길을 돌린 것은 방희원의 말이 끝났을 때였다.

"개새끼, 오랜만에 물건 하나 나온 것 같아서 포장 좀 잘해주려고 했더니 물을 먹여? 난 오늘부터 그 새끼 죽일 거야."

"어쩌려고요?"

"어쩌긴 뭘 어째. 있는 그대로 쓰면 되지. 개새끼는 개새끼답게 취급해 주면 돼."

"오케이, 윤 기자 생각에 나도 찬성. 그런 놈은 정신이 번쩍 들 정도로 얻어맞아 봐야 해."

"선배님들, 저도 따라가겠습니다. 그 새끼 이번 기회에 완전히 매장시켜 버리자고요."

*　　　*　　　*

김만덕은 아버지인 김 관장에게 신문을 내밀며 얼굴을 일그러뜨렸다.

중계방송이 예정되어 있는 JYN과 TCN을 제외한 모든 언론이 강태산에 대한 부정적인 기사를 앞다퉈 보도하기 시작했던 것이다.

그들의 논지는 거의 대동소이했는데 시합이 끝난 지 한 달

만에 요시다와 대전을 원한 것이 다른 이유가 있기 때문이라는 게 주요골자였다.

언론이 자주 쓰는 수법.

익명의 제보자에 의하면 강태산은 도박 때문에 거액의 빚을 졌다는 설이 난무했고 또 어떤 신문에서는 그가 조폭 출신이라 대전료를 상납하기 위해 시합 일정을 서둘렀다는 말도 안 되는 이야기마저 나왔다.

그뿐만이 아니었다.

여자관계가 복잡해서 시합 일정이 잡혔는데도 전혀 훈련을 하지 않는다는 기사가 흘러넘쳤는데 그것을 증명하듯 굳게 잠긴 체육관 사진이 기사 중앙에 떡하니 자리 잡았다.

추정.

언론들은 이 모든 것을 종합해서 강태산이 요시다가 워낙 강하기 때문에 대전료나 챙기자는 심산으로 시합을 성사시켰다는 주장을 펼쳤다.

모든 기사가 똑같은 맥을 이루며 보도되자 거짓이 진실로 변하는 것은 일도 아니었다.

그것을 더욱 부추긴 것은 일본 언론이었다.

산케이신문을 비롯해서 일본 언론은 그들이 하고 싶었던 말들을 한국 언론이 먼저 터뜨려 주자 마치 기다렸다는 듯 증폭해서 완전히 사실인 양 보도를 해댔다.

그러자 마치 공을 주고받듯 이번에는 국내 언론이 일본 언론의 보도를 이어받아 폭로 기사를 난무시켰다.

정말 기가 막힌 일이었다.

이런 기사가 쏟아지기 시작한 것은 벌써 오 일이 넘었다.

이제 시합은 일주일 앞으로 다가온 상태였기 때문에 두 사람은 속으로만 끙끙 앓고 있었는데 강태산에 대한 분위기가 최악으로 치닫자 더 이상 견디기가 어려웠다.

"이런 미친 새끼들."

"이제라도 인터뷰를 해야 되지 않을까요?"

"환장하겠군."

김 관장이 눈을 돌려 구슬땀을 흘리며 샌드백을 두들기는 강태산을 바라보았다.

강태산의 행동은 처음 격투기에 입문했을 때나 지금이나 똑같았다.

상대는 점점 강해졌지만 그는 언제나 한 달 전에 훈련을 시작한 후 옥타곤에 올랐다.

그렇다고 훈련의 강도가 상대에 따라 심해지는 것도 아니었다.

"어쩔까요?"

"아이고, 머리 아프다. 그래서 투혼팀으로 가라니까 저놈이 말을 안 들어서 나를 이렇게 힘들게 만드는구나. 도대체 뭘 어떻게 해야 되는지 알아야 대책을 강구하든지 말든지 할 거 아니냐."

"그러지 말고 물어봅시다. 어차피 우리는 능력이 안 되니까 당사자한테 물어보는 게 제일 좋아요. 도대체 언제까지 언론을 피할 건지 물어보자고요."

"그래라, 나도 저놈이 무슨 생각을 하는지 정말 알고 싶다."

김 관장이 고개를 끄덕여 수긍을 하자 김만덕이 쏜살같이 달려갔다.

그러자 강태산이 샌드백을 두들기다가 무슨 일이냐는 듯 몸을 멈추었다.

"형, 이 말은 정말 안 하려고 했는데… 분위기가 너무 안 좋아."

"뭐가?"

"언론이 지금 난리가 났어. 아무래도 형이 인터뷰를 안 한 게 기자들을 열 받게 했나 봐."

"오늘은 뭐가 났는데?"

"형도… 알고 있었어?"

"그럼 나는 장님이냐. 그 지랄들을 하는데 모르게?"

"어휴, 그런데도 내색조차 안 하냐. 그동안 내가 얼마나 살 떨렸는지 알기나 해!"

"살 떨리면 뭐해. 살이 안 빠지는데. 넌 인마, 조금씩만 먹어. 어떻게 체중이 점점 느는 것 같냐."

"지금 그게 문제가 아니잖아. 왜 이야기가 딴 데로 새."

"걱정할 거 없다. 진실은 언제나 밝혀지는 법이니까."

"태산아, 정말 답답해서 그러는데 어쩔 생각이냐?"

두 사람이 이야기하는 틈으로 김 관장이 불쑥 끼어들었다.

그는 조심스럽게 이야기를 지켜보다가 강태산이 언론의 행태를 알고 있었다는 걸 확인한 후 더 이상 참지 못하고 나섰다.

하지만 강태산은 그의 질문을 받고도 여전히 표정을 바꾸지 않았다.

"언론이 아무리 떠들어도 상관없습니다. 내가 요시다를 이기면 모든 추측 기사는 일시에 사라져 버릴 테니까요."

"그럴 리 없겠지만 만약 지기라도 하면 넌 재기할 수 없게 된다. 언론이 저 지랄을 떠는데 저봐라. 저 새끼들이 또 무슨 짓을 하겠어!"

"이길 테니 걱정하지 마세요."

"도대체 너 왜 그러는 거냐. 왜 언론을 피해. 난 정말 이해할수가 없다."

"귀찮아서요."

"인마, 그런 터무니없는 이유가 어디 있어!"

"난 귀찮은 거 딱 질색입니다."

"태산아, 언론을 적으로 만들어서는 안 된다. 네가 무명일 때야 아무런 상관이 없지만 유명 인사가 되면 언론을 네 편으로 만들어야 돼."

"내 기사는 최유진 기자만으로도 충분합니다."

"걔가 그렇게 예쁘냐. 너 정말 미인계에 넘어간 거야?"

"그런 건 절대 아니니까 걱정하지 마세요. 내가 그 여자를 선택한 것은 국민들의 궁금증을 조금이라도 풀어주기 위함입니다."

"그런 이유라면 다른 기자들도 있잖아?"

"방금 말씀드렸잖아요. 귀찮은 건 질색입니다. 그래서 나는 그 여자만 상대했던 거니까 오해하지 마세요."

"어이구… 태산아, 그러면 도대체 언제까지 그럴 생각이야?"

"나중에 내가 챔피언이 되면 결국 전면에 나서야겠지요. 그러나 지금은 아닙니다."

*   *   *

연일 계속해서 보복성 기사가 쏟아졌지만 강태산은 쓴웃음만 지은 채 아무런 대응을 하지 않았다.

어차피 대응을 해봤자 돌아오는 것은 아무것도 없을 것이다.

원래 빼 든 칼은 상대가 발악을 하면 더욱 힘을 내서 피를 보는 법이니까.

강태산은 김 관장과 떨어져서 시합을 이틀 앞두고 일본으로 가는 비행기를 탔다.

국내 기자들은 물론이고 일본 기자들 역시 요즘 화제가 되고 강태산을 취재하기 위해 인산인해를 이루었지만 그는 다른 얼굴로 변장해서 입, 출국장을 빠져나갔다.

다른 때라면 몰라도 이번만큼은 끝까지 언론을 엿 먹이고 싶었다.

인터뷰를 피했다고 해서 가만히 있는 사람을 매도하면서까지 보복을 한다는 것은 기자가 할 짓이 아니라고 생각했기 때문이었다.

앞선 두 시합과 똑같은 절차를 밟았다.

UFC의 부회장 제프리 조던은 동경에 일류 호텔을 잡아주었는데 언론이 떠드는 것에 대해 일절 아무런 말이 없었다.

그는 한 번의 실수를 반복할 정도로 어리석은 사람이 아니었다.

그러나 요시다는 달랐다.

공식 계체량에서 만난 요시다는 아무런 말을 붙여오지 않았지만 표정으로 모든 것을 말했다.

비웃음.

그의 얼굴에 들어 있는 것은 오직 비웃음뿐이었다.

요시다는 그동안 언론과의 인터뷰에서 강태산과의 시합을 워밍업 정도로 생각한다며 추후에 벌어질 맥도웰과의 챔피언전을 기대해 달라는 말을 계속해서 떠벌여 댔다.

그리고 지금도 마찬가지.

요시다는 강태산을 마치 없는 사람처럼 취급하고 있었다.

강태산의 입이 처음으로 열린 것은 요시다가 계체량을 마치고 자리를 빠져나가려 할 때였다.

"어이, 요시다."

"뭐냐?"

"그 웃음 지워."

"웃긴 놈이군."

요시다의 비웃음이 더욱 진해졌다.

그는 강태산의 태도가 가소로워 견디지 못하겠다는 듯 금방이라도 폭소를 터뜨릴 것 같았다.

강태산의 입이 다시 열린 것은 상대할 필요조차 없다는 듯 요시다의 매니저가 그를 감싸 안고 떠나려 할 때였다.

"한 번 더 말하지. 그 웃음을 다시 내게 보이는 순간 너는 죽는다. 그러니까 조심해!"

*　　　*　　　*

김숙영은 어두운 얼굴로 국장실을 향해 걸어갔다.

어젯밤, 애인인 치과 의사 정형철과 같이 밤을 보내면서 두 번이나 섹스를 했지만 아무런 감동도 느끼지 못했다.

근본적으로 그녀는 섹스를 좋아한다.

조금만 건드려도 흥분하는 스타일이었고 오르가즘에 오를 때면 언제나 스스로 올라가 마음껏 소리 지르며 쾌락을 즐겼다.

하지만 그녀는 어젯밤 애인인 치과 의사 정형철의 세심한 노력에도 끝내 오르가즘을 느끼지 못했다.

머릿속에 들어 있는 찜찜한 생각이 그녀를 괴롭혔기 때문이
었다.

강태산.

정말 이해가 불가능한 사내다.

다른 격투기 선수들은 전화 한 통이면 훈련조차 멈추고 인터
뷰를 하기 위해 줄을 서는데 그는 얼굴조차 보기 힘들었다.

그저 그런 선수였다면 콧방귀를 뀌면서 상대조차 안 했을 테
지만 그는 한국인으로서 유일하게 UFC를 들었다 놨다 하는 놈
이었다.

인터뷰를 따오라는 국장의 지시를 끝내 이루지 못했다.

시합은 당장 이틀 후로 다가왔으나 그녀가 할 수 있는 것은
아무것도 없었다.

더욱더 그녀를 힘들게 만든 것은 다른 언론사들의 보복성 기
사가 난무하고 있다는 것이었다.

강태산의 경기를 확보하기 위해 JYN은 사력을 다했는데 언
론사들의 악성 기사는 다 된 밥에 코를 빠뜨리는 것보다 훨씬
치명적이었다.

이번 UFC 455는 흥행을 위해 UFC 측에서 일본으로 장소를
정했기 때문에 7경기에서 무려 3명이나 일본 선수가 출전한다.

대회의 수준이나 흥행성 면에서 볼 때 이번 경기는 그동안
벌어졌던 시합 중 최저급에 속한다는 뜻이다.

그럼에도 거액을 들여 중계권을 확보한 것은 오로지 강태산 때문이었다.

휴우…….

한숨이 절로 나왔지만 그녀는 소가 도살장에 끌려 들어가는 심정을 한 채 국장실로 들어섰다.

국장이 할 이야기는 너무나 뻔해서 벌써부터 머리가 지끈거릴 지경이었다.

아니나 다를까.

그녀를 맞이하는 국장의 얼굴은 잔뜩 굳어 있었다.

스포츠국을 맡고 있는 정현탁 국장은 다혈질로 소문난 인간이라 방송국에 근무하는 직원들 중에서도 목소리가 크기로 유명했다.

"김 기자, 내가 아는 루트를 통해서 알아봤더니 놈이 동경호텔에 묵었다고 하더라. 알고 있었냐?"

"아뇨, 모르고 있었어요."

"도대체 너는 뭐 하는 사람이야? 이전에는 붕붕 날아다니더니 왜 강태산에게는 그렇게 맥을 못 춰!"

"얼굴을 볼 수가 없어요. 투명 인간도 아니고 도저히 만날 수가 없으니 저도 미치겠어요."

"시합이 이제 이틀 남았어. 이대로 언론이 계속 떠들면 흥행에 실패할 우려가 있다. 그런데도 그런 소리가 나온단 말이지?"

"죄송해요."

"지금 떠나. 가서 강태산 모가지를 잡아서라도 인터뷰 따 와. 늦어도 내일까지는 무조건 놈의 얼굴이 우리 예고 방송에 떠야 돼. 무슨 말인지 알겠어?"

"저보고 도쿄로 가란 말씀이에요?"

"그럼 내가 갈까? 왜 두 번 말하게 만들어!"

"지금까지 못 한 인터뷰였어요. 그 사람은 일부러 언론을 피하는 것 같단 말이에요."

"TCN의 최유진이 오늘 아침 비행기로 날아갔다. 그런데도 그런 소리나 하고 있을 거야?"

"최유진이 일본으로 갔단 말이에요?"

"밥상은 전부 우리가 차리고 걔들이 손님 대접 하면서 생색 부리게 만들 생각이야? 그리되면 난 사장님한테 깨지고 말겠지만 너희들은 다 죽은 목숨이다. 어쩔래, 그렇게 하고 싶어?"

*   *   *

김윤석은 동생인 김환석과 저녁을 먹은 후 소주잔을 기울이고 있었다.

그들 형제는 같은 아파트에 살고 있었는데 우애가 좋아서 마치 그림자처럼 붙어 다닌다.

마누라들은 그런 형제들을 보면서 종종 툴툴거렸지만 워낙 서로에게 잘해주기 때문에 부부 관계는 좋았다.

오늘은 동생인 김환석의 제안에 의해 동네 식당에서 같이 밥을 먹으며 머리를 맞대고 있었다. 오랜만에 가기로 한 낚시와 강태산의 시합이 겹쳤기 때문이었다.

"형, 일요일 어쩔 거야?"

"고민이다."

"이번에 안 가면 형수님이 무척 화를 내실 텐데. 형수님 오랜만에 낚시 간다고 좋아하셨잖아."

"그러게 말이다. 어휴, 너는 무슨 날짜를 그렇게 잡았어!"

"강태산 그놈이 갑자기 출전할 줄 몰랐지."

김환석이 머리를 긁적이다가 소주잔을 들어 단숨에 들이마셨다.

낚시도 좋아하지만 두 형제는 격투기라면 자다가도 벌떡 일어날 정도로 좋아한다.

특히 강태산의 경기는 그가 국내 경기에 출전할 때부터 골수 팬이었다.

"환석아, 그놈이 이번에도 이길까?"

"언론이 보도한 걸 보니까 이번에는 힘들 것 같아. 방금 시합한 놈이 쉬지도 않고 출전하는 걸 보면 신문에서 떠드는 게 맞는 것 같단 말이지."

"멀쩡하게 생긴 놈이 도박이라니, 그것참 이해할 수가 없네. 도박하면서도 그렇게 잘 싸울 수 있는 거냐?"

"난 도박보다 여자관계인 것 같아. 그놈 탤런트 뺨치게 잘생

졌잖아. 아마, 여자들이 줄줄 따랐을 거야."

"하긴 그렇기도 하겠다."

"더군다나 운동을 했으니까 얼마나 힘이 좋겠어. 여자들이 한 번 맛을 보면 사족을 못 쓸 것 같아!"

"이놈아, 그건 운동하고 별로 상관없어. 네 형수도 내가 한번 눌러주면 반찬이 달라져."

"크크크… 말도 안 되는 소릴 하셔요."

김윤석의 말에 김환석의 입에서 기괴한 웃음이 터져 나왔다.

비록 형이지만 장단을 맞춰주기에는 양심이 허락하지 않았다.

김윤석은 이제 40이 훌쩍 넘었고 배도 불쑥 튀어나와 생체 나이로 따진다면 환갑에 가까운데 허세를 부리는 걸 보자 웃음이 절로 나왔다.

그러나 김윤석은 동생의 웃음에 입을 주욱 내밀며 뻔뻔한 표정을 풀지 않았다.

"왜 말이 안 돼. 횟수가 부족해서 그렇지 한번 하면 나도 잘해."

"됐고요. 그래서 어쩔 건데?"

"너는 어떠냐?"

"난… 사실, 맥주에 치킨이 땡겨. 강태산 그놈 경기 보면 막 오한이 든단 말이야. 형은 그런 흥분을 놓치고 싶어?"

"절대 아니지. 그런데 졸전을 펼치다가 지면 어쩔래. 집안에서 퍼질러서 텔레비전 보다가 그놈이 지면 우린 뭐가 되냐고."

"그러면 우린 그냥 죽는 거지."

"아우, 씨. 고민되네."

"썩어도 준치라고 했잖아. 형, 우리 그냥 죽자."

"강태산을 믿고?"

"형, 우리가 언제부터 강태산 팬이었냐. 그놈이 우릴 실망시킨 적 있어?"

"없지."

"그러니까 우리 목숨 걸고 베팅 한번 하자. 어차피 죽는 거 장렬하게 전사하는 것도 낭만 아니겠어?"

"그럴까?"

"그러자니까.

"좋아, 알았어. 대신 네가 총대 메."

"아니, 이거 왜 이러십니까. 잘 나가시다가. 그런 건 장유유서를 반드시 지켜야지 갑자기 순서를 바꾸자고 하면 내가 당황스럽잖아."

"인마, 그럼 가문의 장손인 내가 깨져야겠냐!"

"으… 거기서 장손이 나오다니. 할 수 없지. 내가 목숨 건다. 대신 형이 치맥은 쏴라."

"그것 정도야 뭐. 너 잘해야 돼. 모든 결정은 네가 내린 거다."

"와, 형 정말 갈수록 왜 이러냐. 그렇게 형수가 무서워?"

"넌 안 무섭냐?"

"쩝, 안 무서우면 그게 사람이냐. 귀신이지."

"환석아, 잘하자. 이왕 죽는 거 너 혼자 깨끗하게 모든 걸 책임져라. 이 형한테 조금이라도 파편이 튀면 치맥은 취소니까 알아서 해."

*　　　*　　　*

최유진이 도쿄로 날아왔을 때는 아침 무렵이 막 지난 10시 반이었다.

나리타공항에서 곧바로 택시를 타고 왔음에도 동경호텔에 도착했을 때는 점심시간이 가까워져 있었다.

그녀가 도쿄로 날아온 것은 당연히 시합을 앞둔 강태산을 만나기 위함이었다.

국장은 JYN에 중계권을 뺏긴 걸 두고두고 아쉬워했지만 그렇다고 완전히 손을 들지는 않았다.

그에게는 최유진이 있었기 때문이었다.

언론 쪽에서 수십 년을 근무한 국장은 지금 벌어지고 있는 강태산 관련 기사가 보복성이 짙다는 걸 누구보다 잘 알고 있었다.

말도 안 되는 기사들이 홍수처럼 흘러넘치는 걸 보면서 그는 최유진을 도쿄로 보낼 결심을 굳혔다.

강태산을 인터뷰한 것은 그녀가 유일했으니 이번에도 성공시켜 단독으로 강태산의 근황을 보도한다면 특종을 잡는 것과 다름이 없었다.

최유진은 호텔에 도착하자마자 김만덕에게 전화를 걸었다.

두 번이나 인터뷰를 했지만 그녀는 아직도 강태산의 전화번호를 확보하지 못했다.

김만덕은 그녀에게 친절하게 대해줬으나 강태산에 관한 정보는 일절 건네주지 않았던 것이다.

삐리링… 삐리링.

전화벨이 열댓 번이나 울렸으나 김만덕은 전화를 받지 않았다.

불쑥 불안감이 강하게 올라왔다.

아마, 지금쯤 강태산 측은 언론에 강한 불만을 가지고 있을 게 분명했다.

말도 안 되는 소문과 억측을 퍼뜨려 이미지를 완전히 망가뜨리고 있는 언론은 강태산 측에서 봤을 때는 원수나 다름없을 테니 말이다.

핸드폰을 내려놓고 로비에 있는 소파에 주저앉았다.

갈수록 힘들다는 생각이 들었다.

야구여신으로 살 때는 몸이 힘들었어도 이렇게 정신적으로 괴로운 적은 없었다.

사람들에게 많은 사랑을 받았고 그녀의 모습은 온 나라에 중계되며 여신으로 평가받았다.

불행보다는 행복이, 괴로움보다는 웃음이 많은 나날이었다.

하지만 격투기 쪽으로 넘어와 강태산을 만나면서부터 점점 힘들다는 생각이 커져갔다.

상대를 해주지 않는 사람들을 억지로 만난다는 것은 아무리 그녀가 기자라 해도 너무 힘이 드는 것이었다.

멍하니 앉아 있다가 겨우 일어나 프런트로 다가가 강태산이 머물고 있는 룸 넘버를 물었다.

힘이 들어도 그녀는 기자였다.

기자의 본분을 지키기 위해서는 무슨 일이라도 해야 한다는 생각이었다.

하지만 프런트를 지키고 있는 지배인에게서 흘러나온 말은 가르쳐 줄 수 없다는 것뿐이었다.

자신의 이름을 말하면서 룸에 알려달라는 부탁을 했지만 강태산 측이 일절 자신들의 정보 노출을 거부했기 때문에 전화조차 할 수 없다고 했다.

답답한 마음에 자리에 온전히 앉아 있을 수가 없었다.

김만덕에게 10번이 넘도록 전화를 했지만 그는 끝내 전화를 받지 않았다.

국장은 그녀를 도쿄로 출장 보내면서 부탁한다는 말을 수도 없이 했었다.

어떤 수를 쓰더라도 방송국을 위해 강태산의 인터뷰를 따달라는 주문을 하면서 그녀를 간절한 눈으로 바라보았다.

벌써 호텔에 도착한 지 5시간이 지나고 있었으나 그녀는 아무런 소득도 올리지 못한 채 시간만 보낼 뿐이었다.

눈을 들어 로비에 앉아 있는 사람들을 둘러보자 자신과 비슷한 처지에 있는 사람들이 드문드문 보였다.

기자는 기자를 알아보는 법이다.

기자는 아무리 숨기려 해도 특유의 행동과 냄새가 흘러나오기 때문이었다.

아는 얼굴들이 보이지 않는 걸 보니 일본 기자들인 것 같았다.

일본 기자들은 그 집요함이 한국 기자들보다 배는 더하다고 했는데 그렇게 강태산을 씹어놓고도 부족했던 모양이었다.

점심을 굶었기 때문인지 뱃속에서는 꼬르륵 소리가 시간을 앞당기며 수시로 새어 나왔다.

자신도 모르게 웃음이 나왔다.

이런 마당에도 위는 음식을 보내달라며 사정을 하고 있으니 인체의 신비는 정말 대단하다.

같이 온 카메라맨은 배고파서 더 이상 안 되겠다며 호텔 밖으로 빠져나가더니 벌써 한 시간째 코빼기도 보이지 않고 있었다.

강태산이 오면 전화해 달라더니 어디 가서 밥을 먹고 퍼질러진 모양이었다.

최유진이 멍하니 앉아 지나다니는 사람들을 보고 있을 때,

손에 들고 있던 전화벨 소리가 울렸다.

표정이 저절로 일그러졌다.

보나 마나 국장에게서 온 전화일 것이다.

국장은 벌써 세 번이나 전화를 걸어와 강태산을 만났냐는 닦달을 했다.

대답할 말이 궁했지만 그녀는 어쩔 수 없이 전화를 들었다.

그러다가 기겁을 하고 핸드폰을 귀에 가져갔다.

핸드폰에 찍힌 전화번호는 국장의 것이 아니라 김만덕의 것이었기 때문이었다.

"여보세요?"

─전화 많이 하셨네요. 미안해요, 전화받지 못해서.

"걱정 많이 했어요. 전화를 받지 않아서 피하는 줄 알았어요."

─피한 거 맞아요. 아버지가 전화받지 말라고 하는 바람에… 그동안 언론이 쓴 기사 때문에 스트레스 많이 받으셨거든요.

"알아요… 어떻게 전화를……."

─제가 전화를 한 건 형이 최 기자님을 부르라고 해서 한 거예요.

"강태산 선수가요?"

─네.

"왜요?"

─인터뷰하러 오신 거 아니에요?

"그거야 당연히… 그런데 왜?"

—왜 최 기자님하고 인터뷰 하느냔 말이죠?

"…네."

—태산이 형이 최 기자님하고만 인터뷰하겠다고 약속했다면서요.

"그건 농담이라고 했는데……."

—옆에서 형이 농담 아니라고 하네요. 호텔에서 우측으로 300m 정도 가면 '히메시아'라는 음식점이 있어요. 거기서 30분 후에 봐요. 이번에도 밥값은 최 기자님이 내시래요.

"알았어요. 정말, 고마워요, 김 코치님."

*   *   *

TCN의 국장은 저녁을 먹은 후 사무실로 들어와 최유진의 전화를 기다렸다.

강태산 측이 전화를 받지 않는다는 소리를 듣고 반쯤은 포기했으나 왠지 감각이 징징거리며 사이렌 소리를 울렸기 때문이었다.

조금만 더 기다렸다가 전화를 해보고 퇴근을 할 생각이었다.

어렵더라도 끝까지 포기하지 않는 것.

최후의 순간까지 기다리는 것은 국장이란 자리에 있는 사람이라면 숙명과는 같은 것이다.

국장이 자리를 차지하고 앉아 있었기 때문에 스탠바이 상태를 풀지 못한 직원들의 입이 댓 발이나 튀어나왔다.

대충 짐작은 하고 있었으나 워낙 강태산의 소문이 안 좋게 났기 때문에 그들 역시 반쯤은 포기한 상태였다.

국장은 커피를 마시며 담배를 피워 물었다.

최유진이 강태산을 만나 인터뷰를 딴다면 언제든지 특집 방송을 할 수 있게 준비를 해놨기 때문에 20여 명의 직원들이 사무실에 넋을 놓고 앉아 있는 것이 보였다.

제기럴…….

오늘따라 담배 맛이 지독하게 쓰다.

이놈의 담배는 상황에 따라서, 몸 상태에 따라서 천국과 지옥을 왔다 갔다 하게 만든다.

텔레비전을 켰다.

어차피 기다려야 한다면 조바심을 죽이는 게 건강에 이롭다는 걸 경험으로 습득한 지 오래였다.

그의 전화벨이 요란하게 울린 것은 국장실에 앉아 텔레비전에서 방송하고 있는 동물 프로그램을 보면서 생각에 잠겨 있을 때였다.

핸드폰에 뜬 번호를 확인한 그는 순식간에 표정이 굳었다.

그는 긴장을 할 때면 자신도 모르게 표정이 굳어지는 버릇이 있었다.

"최 기자!"

—국장님, 강태산 선수 인터뷰 땄어요.

"정말이냐?"

—지금 파일을 전송했으니까 받아 보세요.

"잘했다, 잘했어. 다른 방송이나 기자들은 없었니?"

—단독 인터뷰였어요.

"오케이, 최 기자 만세다. 돌아오면 내가 완전히 꼭지 돌 때까지 쏜다."

—그런데 부탁이 있어요.

"말만 해, 다 들어줄 테니까."

—강태산 선수와 인터뷰를 해보니까 이번 경기 충분히 승산 있다고 했어요. 우리 예상대로 언론에서 떠든 건 전부 말도 안 되는 일이라면서 충실히 훈련을 했으니까 기대해도 된대요. 그래서 제가 현장에서 직접 그 사람 경기를 취재하고 싶어요. 그렇게 해도 되죠?

"일한다는데 누가 말리냐. 걱정 말고 그렇게 해."

—국장님, 입장권 좀 확보해 주세요.

"그건 내가 조치해 놓을 테니까 걱정 말어. 이번 방송 주관사인 TBC 국장 놈이 나와 친하니까 구하는 건 어렵지 않을 거다."

—알았어요. 부탁해요.

"대신, 시합 끝나고 인터뷰 다시 따야 돼. 그렇게만 하면 최 기자, 넌 내가 책임지고 다음 시합부터 무조건 앵커로 올린다."

＊　　　＊　　　＊

그동안 시끄럽게 떠들던 언론들은 동시에 침묵에 빠졌다.

소문이 소문을 물고 강아지처럼 꼬리치며 강태산을 흔들던 악성 보도는 TCN의 단독 인터뷰가 방송되면서 순식간에 잠들어 버렸다.

TCN 측은 시합 전날까지 5회에 걸쳐 강태산의 단독 인터뷰를 방송했기 때문에 격투기를 좋아하는 사람들은 거의 다 시청했을 정도다.

강태산은 인터뷰를 통해 자신은 어떤 도박도 할 줄 모른다는 말을 했고 여자는 구경조차 못 했다는 말을 하며 환하게 웃었다.

지리산에 들어가 특훈을 했기 때문에 기자들이 지레 시합을 포기한 것 아니냐는 짐작을 한 것이라 판단된다면서 걱정을 끼쳐 미안하다는 말도 남겼다.

그러자, 이번에는 인터넷이 난리가 났다.

괜한 사람을 때려잡았다며 언론을 성토하는 댓글이 보복성 기사에 굴비처럼 달렸고 각종 블로그와 격투기 카페에는 강태산을 응원하는 글들이 수천 개도 넘게 올라왔던 것이다.

김만덕이 침대에 누워 쉬고 있는 강태산을 향해 불쑥 입을 연 것은 핸드폰으로 기사들을 전부 읽고 난 후였다.

"형, 정말 궁금해서 그러는데 이렇게 될 줄 알았냐?"

"민심은 물결 같은 거다. 바람이 잠들면 파도도 고요해지는 법이야."

"대학 나왔다더니 유식한 말을 하시네. 이제 보니 형은 엄청 똑똑한 것 같아. 그렇게 지랄하던 언론을 한 방에 잠재운 걸 보면 확실히 뭔가 있어."

"이젠 함부로 그런 기사들은 쓰지 못할 거야. 언론은 대중들을 무서워하니까."

"그렇겠지. 그 새끼들 지금쯤 아마 미칠 지경일거다."

"기자들이 그런 거 가지고 미치면 살아남은 기자는 하나도 없을걸. 원래 기자들은 소설도 잘 써야 능력 있다고 하더라."

"그럼 형도 능력 있는 사람이네."

"왜?"

"형도 소설 썼잖아."

"무슨 소설?"

"우리가 언제 지리산에 간 적이 있어? 우리가 외인부대냐, 지리산 골짜기에 가서 특훈을 하게!"

"인마, 그건 불리한 상황 타개를 위해서 어쩔 수 없이 한 말이니까 괜찮아. 선의의 거짓말은 괜찮다는 말도 못 들어봤어?"

"거짓말은 무조건 나쁜 거야."

"넌 계속 그렇게 사세요. 난 이렇게 살 테니까요."

"어쨌든 계속 신경 쓰였는데 다행이다. 형 컨디션 어때? 내일 시합 정말 자신 있는 거지?"

"걱정은 묻어놓고 다 함께 차차차……. 이제 잘란다. 요시다를 실컷 패려면 일찍 자야 되니까 숙면 방해하지 말고 네 방으로 가. 관장님 그만 공부하라고 말씀드려. 내일이 시합인데 아직까지 그러고 계신다냐. 이제 그놈 약점 알아도 쓸모없으니까 그냥 잠이나 푹 주무시라고 해!"

* * *

일본에서 벌어진 UFC 455는 국립요요기경기장에서 벌어졌다.

수용 인원 13,300명에 이를 정도로 거대한 경기장에는 관중들이 꽉 들어차 숨을 쉬기 어려울 정도로 열기가 피어오르고 있었다.

오늘 벌어지는 7경기 중 요시다를 포함해서 3명의 일본 선수가 출전하는데 그중 메인이벤트는 미들급 챔피언 타이틀전에 도전하는 히로끼의 시합이었다.

일본인들의 반응이 뜨거운 것은 당연한 일이었다.

비록 히로끼가 전적이나 전력 면에서 챔피언인 얀요스 히바에 비해 떨어지는 것은 사실이지만 중량급의 경기는 한 방으로 승부가 갈리는 경우가 있기 때문에 일본인들은 무척 기대를 하고 있는 중이었다.

그러나 진짜 일본인들이 눈이 빠지게 기다리고 있는 것은 다섯 번째 경기인 요시다의 출전이었다.

강태산과 시합을 앞두고 있는 요시다는 잘생긴 외모로 일본 여자 팬들에게 엄청난 인기를 얻는 중이었고 전적과 실력도 뛰어나서 차세대 챔피언으로 각광을 받고 있는 일본의 영웅이었다.

강태산은 시합 한 시간 전 경기장에 도착한 후 천천히 몸을 풀다가 자리에 앉아 편안한 상태로 휴식을 취했다.

대기실에는 경기를 볼 수 있도록 화면이 설치되어 있었는데 3번째 시합이 진행 중이었다.

일본의 첫 번째 주자 미노와의 랭킹전.

상대는 브라질 선수였고 랭킹은 오히려 미노와에 비해 떨어지는 신진이었다.

페더급의 경기는 언제 봐도 빠르다.

서로 치고받는 속도가 헤비급에 비하면 날아다닌다는 표현을 할 수 있을 정도로 펀치를 주고받는 속도와 선수들의 몸놀림이 빨랐다.

요요기경기장을 가득 채운 일본인들의 함성은 미노와의 펀치가 상대방의 안면에 꽂힐 때마다 포탄이 터지는 것처럼 거대하게 울려 나왔다.

일방적인 응원.

UFC가 특정 국가에서 시합을 개최하는 것은 흥행성이 보장되기 때문이었다.

그 국가의 선수들을 대거 출전시키면서 광고를 때려주면 지금 일본에서 벌어지는 것처럼 엄청난 관중들이 몰린다.

강태산은 조용하게 앉아 미노와의 경기를 지켜보았다.

이 경기는 미노와가 이길 가능성이 80% 이상이다.

상대는 주짓수가 특기로 보였는데 미노와의 스피드를 잡지 못하고 연신 펀치를 허용하고 있었다.

역시 예상이 맞았다.

2라운드로 들어서면서 경기는 일방적으로 흘렀다.

미노와는 무너진 상대를 향해 날카로운 펀치를 계속 터뜨려 일본 관중들을 자리에서 모두 일어나게 만들었다.

결국 미노와의 결정타가 터진 것은 2라운드가 중반으로 흐를 때였다.

다리를 노리고 태클을 걸어온 상대에게 니킥을 터뜨린 미노와가 라이트 스트레이트로 승부를 결정지었던 것이다.

미노와가 KO로 승부를 결정짓자 경기장이 무너질 것 같은 함성이 흘러나왔다.

일본 관중들은 첫 번째 주자로 나선 미노와의 승리에 모두 기립해서 뜨거운 박수를 보내며 즐거움을 감추지 못했다.

＊　　　＊　　　＊

JYN의 명품 콤비인 김세형과 신치현은 TCN의 양인석과 서정설에 못지않은 진행력과 해설자로서의 능력을 두루 갖춘 사람들이었다.

그들 역시 격투기 중계방송을 10년 넘게 해오고 있었기 때문에 전문적인 지식은 누구 못지않게 뛰어났다.

오늘 경기는 10시에 시작되어 벌써 2시간이 훌쩍 흐르고 있었다.

지금 벌어지는 경기는 4번째 경기로 여자 플라이급 랭킹전이었다.

자국의 선수가 출전하지 않자 미노와의 경기에 열광적인 응원을 보내던 일본 관중들은 언제 그랬냐는 듯 자리에 앉아 경기를 관람하고 있었다.

맥이 빠진 경기.

여자들의 경기가 재미없는 것은 아니었으나 남자들의 경기에 비하면 강력한 맛은 훨씬 떨어진다.

김세형과 신치현은 여자들의 경기를 중계하면서도 다음 시합으로 예정된 강태산과 요시다의 경기에 많은 시간을 할애했다.

"신 위원님, 강태산 선수가 연습량이 부족하다는 말이 많은데 걱정입니다. 선수들은 보통 시합이 끝나면 얼마나 휴식을 취하죠?"

"대체적으로 한 달은 쉬어야 합니다. 1라운드 초반에 끝난 한 방 승부라면 모를까 강태산 선수처럼 격렬한 시합을 했다면 기본적으로 한 달은 휴식을 취해야 정상으로 되돌아옵니다."

"우리가 걱정하고 있는 것이 바로 그건데요. 강태산 선수는 아무런 휴식조차 취하지 않고 곧바로 훈련에 돌입한 것으로 알려져 있습니다. 그것이 경기력에 지장을 주지 않을까요?"

"언론에서 그동안 수많은 보도들이 있었습니다. 대부분 강태산 선수가 휴식을 취하지 않고 곧바로 시합을 가진 것에 대한 것들이었죠. 많은 악성 루머가 작용한 것도 무리한 일정 때문입니다. 저 역시 강태산 선수가 제대로 시합을 할 수 있을지 걱정됩니다."

"어제 있었던 인터뷰를 보니까 강태산 선수는 상당히 밝은 얼굴이었습니다. 지리산에서 특훈을 했다는 말을 하던데 훈련량이 충분할지 모르겠습니다."

"제 경험으로는 강태산 선수의 훈련 기간은 기껏 보름 정도 되었을 겁니다. 시합이 끝나고 나면 온몸이 움직이지 못할 정도로 경직되기 때문에 곧바로 훈련을 할 수 없거든요."

"그렇군요. 그렇다면 정말 걱정인데요."

"제가 걱정을 하면서도 기대를 하는 것은 강태산 선수의 투지입니다. 어제 인터뷰에서 각종 악성 루머를 직접 해명했잖습니까. 정말 강태산 선수가 그런 루머에 연루되어 있지 않다면 저는 이번 경기도 기대하고 싶습니다. 강태산 선수의 불꽃같은 인파이팅은 정평이 나 있고 투지 또한 대단합니다. 충분한 훈련을 못 했겠지만 그것만 가지고도 충분히 요시다를 위협할 수 있습니다. 저는 떨리는 가슴으로 경기를 지켜볼 것입니다."

"아… 말씀드리는 순간 경기 끝났습니다. 제가 봤을 때는 이리나 선수가 우세한 경기를 펼친 것 같은데요, 신 위원님은 어떻게 보셨습니까?"

"3라운드 모두 이리나 선수의 일방적인 우세였습니다. 이번 경기는 만장일치로 이리나 선수의 판정승이 될 것 같습니다."

*　　　*　　　*

강태산은 가볍게 뛰면서 몸을 풀었다.

여자들의 경기가 끝났기 때문에 조금 있으면 스태프가 들어와 출전하라는 사인을 보내올 것이다.

고개를 좌우로 꺾었다.

몸에는 아무런 이상이 없었고 컨디션도 나쁘지 않았다.

"태산아, 요시다의 특기는 상황에 따라 위아래 구분 없이 공격을 한다는 거다. 절대 놈의 페이스에 말려들면 안 돼."

"그거 말고 뭐 또 없어요? 어제 엄청 공부하시던데 놈의 약점 같은 것 찾아냈습니까?"

"꼭 그렇게 아픈 곳을 찔러야겠냐?"

"왜요?"

"아무리 봐도 모르겠더라. 요시다 저놈 테이프를 세 개나 봤는데 경기 스타일이 전부 달라. 상황에 따라 카멜레온처럼 변했는데 너무 까다로워서 약점을 찾기 어려웠다."

"그럼 몸으로 부딪쳐 보죠. 하다 보면 약점이 나오지 않겠습니까."

"미안하다."

"뭘요. 미안할 것도 많습니다."

"이번 경기 끝나고 투혼팀으로 가라. 나 힘들게 하지 말고. 능력 없이 버티는 것도 더 이상 못 해먹겠다."

"일부러 그러시는 거죠?"

"뭐가?"

"미안하니까 그냥 해본 소리잖아요."

"귀신같은 놈."

"갑시다. 이제 나오라는군요."

강태산의 말에 김 관장이 퍼뜩 눈을 돌렸다.

문 쪽에서는 검은 옷을 입은 스태프가 출전하라는 사인을 보내오고 있었다.

김 관장의 얼굴이 서서히 굳어져 갔다.

체육관을 운영하면서 키우는 선수가 시합에 출전한 건 강태산이 처음이었고 지금도 유일했다.

국내에서야 억지로 버티고 버텨왔지만 UFC에 들어와 해외원정을 갈 때마다 시합이 시작되는 순간이 되면 화장실에 뛰어가고 싶을 정도로 긴장이 되었다.

자신이 긴장을 풀어줘야 하는데 오히려 거꾸로 되어 강태산은 시합 전에 항상 이런 농담을 해왔다.

정말 미치고 펄쩍 뛸 노릇이었으나 묘하게도 강태산의 농담은 그에게 안정을 가져다주었다.

강태산 일행이 출전곡 '아리랑'의 반주에 맞춰 경기장으로 걸어가자 늑대 울음소리 같은 야유 소리가 요요기 경기장을 가득 채웠다.

일본 관중들 사이에서는 심지어 '고로시데시마떼'라는 말이 흘러나오고 있었다.

뜻을 해석하며 죽여 버리란 말이다.

강태산은 일본 관중들의 야유를 들으면서 여유 있게 옥타곤으로 향했다.

그래, 당연히 그래야지.

너희와 우리가 가지고 있는 감정으로 보면 당연한 일이다.

이곳은 전쟁터.

전사와 전사가 싸우는 곳이니 너희들이 그렇게 나와야 내 마음도 편하다.

강태산은 옥타곤에 오른 후 오각 링을 천천히 걸으며 주먹을 들어 올렸다.

여전히 일본 관중들의 야유가 흘러나왔으나 그는 눈 하나 깜빡이지 않고 왼손에 태극기를 든 채 끝까지 옥타곤을 걸었다.

야유를 하던 일본 관중들에게 폭탄이 터지는 것과 같은 함성이 터져 나온 것은 요시다가 반대쪽에서 몸을 드러냈기 때문이었다.

일장기를 전신에 두른 모습.

놈은 심지어 머리에까지 일장기가 새겨진 띠를 둘렀는데 자신만만한 모습으로 옥타곤을 향해 걸어오고 있었다.

*　　　　　*　　　　　*

요시다가 옥타곤에 올라오자 관중들의 함성은 극에 달했다.

일본의 영웅.

격투기 선수로서 광고 CF를 다섯 개나 찍었으니 그가 얼마나 인기가 있는지 충분히 알 수 있다.

놈은 옥타곤에 올라와 두 손을 번쩍 들고 관중들의 환호에 답장을 보냈다.

자신 있는 모습.

그를 호위하고 있는 스태프들의 숫자는 다섯이었고 하나같이 똑같은 복장을 하고 있었는데 타카타도장의 핵심 브레인들이었다.

아마 그들은 그동안 강태산이 벌여왔던 시합을 완벽하게 분석해서 요시다에게 파훼법을 전수해 주었을 것이다.

링 아나운서의 소개가 전쟁터에 나가는 출정가처럼 요요기 경기장에 울려 퍼졌다.

폐부를 찌르는 목소리.

언제나처럼 일본인들은 결정적인 순간이 되면 하나가 되어

적을 무찌르는 전사가 되는 모양이다.

관중들은 강태산을 소개할 때 또다시 늑대 울음 같은 야유
소리를 보냈다가 요시다의 이름이 나오자 모두 같은 감정으로
주먹을 들어 올렸다.

요시다와 한 몸이 되어 싸우겠다는 의지다.

13,000 대 1의 싸움.

그러나 강태산은 고요하게 가라앉은 눈으로 요시다 측을 바
라보았다.

너희들은 지금 이 순간 13,000명이 요시다를 응원하고 있겠
지만 현해탄 건너에 있는 대한민국의 국민들은 이 경기를 지켜
보며 내가 이기기를 간절하게 원하고 있을 것이다.

오랜 역사 속에서 너희들이 우리에게 했던 그 가증스럽고 잔
인했던 행위.

대한민국 국민들의 가슴속에는 언제나 그 아픔이 들어 있으
니 너희들이 나에게 보이는 투지는 아무것도 아니다.

독도를 내놓으라고?

분단된 대한민국의 힘이 약하다고 해서 무력 동원을 운운하
며 독도를 반환하라는 압력을 일본은 점점 강화시키고 있는 중
이었다.

일본의 해군과 공군 전력은 대한민국의 3배가 훌쩍 넘어 막
상 독도를 강점한다면 막을 방법이 없기 때문에 일본은 고압적
인 태도로 독도를 원하고 있었다.

절대 그럴 수는 없다.

내가 먼저 보여주마. 요시다를 철저하게 무너뜨려 너희들의 야욕이 얼마나 허망한 것인지 똑똑히 알려주겠다.

관중들의 함성에 김만덕의 얼굴이 허옇게 변했다.

아마, 놈은 이렇게 일방적인 응원을 본 적이 없을 것이다.

그럼에도 김만덕은 입에 거품을 물며 소리를 질렀다.

"형, 씨발, 쫄지 마라. 저것들 원래 소리만 큰 놈들이야."

"쫄긴 누가 쫄아. 내 심장은 강철로 만들어져 있다."

"그래, 강태산이 누군데. 완전히 뭉개 버려."

"알았다."

고개를 끄덕여 주자 그때서야 김만덕의 얼굴에서 희미한 웃음이 떠올랐다.

하지만 김 관장은 여전히 긴장한 표정을 풀지 못하고 연신 강태산을 향해 주문을 외웠다.

"저놈, 라이트 훅을 날리는 것처럼 페인트를 치면서 태클이 자주 들어와. 그러니까 꼭 기억해. 그리고 레프트와 오른발 로 우킥이 동시에 나온다는 거 절대 잊으면 안 돼."

"알고 있습니다."

"붙지 못하게 만들어. 놈의 주짓수 실력은 정평이 나 있단 말이다."

"그렇게 하겠습니다."

"그리고……."

김 관장이 계속해서 강태산에게 주문을 했지만 관중들의 함성 때문에 잘 들리지 않았다.

선수 소개가 끝나고 심판이 선수들을 중앙으로 나오라고 지시를 하자 계속 떠드는 김 관장과 김만덕을 뒤로하고 강태산이 옥타곤의 중앙을 향해 걸어 나갔다.

반대쪽에서는 요시다가 여유 있게 걸어 나오고 있었는데 광고를 찍었다고 하더니 몸매가 정말 훌륭했다.

복부에 선명하게 찍혀 있는 식스팩.

전신에 알알이 박혀 있는 근육은 효율적으로 힘을 사용하는 데 최적화되어 있었고 긴 팔과 다리는 쭉 빠져 있어 원거리 타격에 유용한 구조였다.

심판이 경기에 대한 설명을 하는 동안 요시다는 강태산을 향해 이전과 똑같은 비웃음을 머금었다.

그는 강태산을 전혀 두려워하지 않았고 이 경기에서 절대지지 않을 거란 확신을 가진 것처럼 보였다.

강태산의 입이 슬그머니 열린 것은 심판이 주의 사항을 모두 마치고 양 선수에게 깨끗한 시합을 해달라는 부탁을 남겼을 때였다.

"요시다, 내 경고를 잊은 모양이구나."

＊　　　＊　　　＊

김윤석은 아침 일찍 찾아온 동생 부부를 맞아들인 후 이야기를 나누다가 시간이 되자 즉각 텔레비전을 켰다.

지루한 경기들.

UFC 455는 그동안 벌어졌던 빅 이벤트에 비해 훨씬 수준이 낮았기 때문에 그들에게 흥미를 유발하지 못했다.

그럼에도 두 형제는 워낙 격투기를 좋아하는 팬이었기 때문에 텔레비전을 보면서 의견을 주고받느라 바빴다.

낚시를 취소한 것에 대해 마누라들에게 어젯밤 호되게 당했으나 그들은 어느새 그런 것들을 깨끗하게 잊은 채 경기에 몰두하고 있었다.

부엌에서는 마누라들의 궁시렁거리는 소리가 하늘을 찌를 듯이 흘러나오고 있었지만 그들은 깨끗하게 그것을 무시해 버렸다.

충분한 보상을 해줬다고 판단했기 때문이었다.

오랜만에 마누라가 충분히 만족할 수 있도록 비아그라까지 복용한 후 최선을 다했고 보너스로 아끼고 아껴왔던 비상금을 털어 보상금까지 건넸으니 그들로서는 최선을 다한 게 맞았다.

"얼른 와요, 밥 먹게."

"응? 벌써 먹어?"

"12시가 넘었어요. 오늘은 지은 죄가 있으니까 간단하게 라면으로 때워요."

"라면 좋지!"

경기에서 눈을 떼지 못하던 두 형제가 즉시 자리에서 일어나 식탁으로 다가갔다.

지금 텔레비전에서는 한창 4번째 경기인 여자 플라이급 경기가 벌어지고 있었기 때문에 그들의 마음은 바빴다.

중계를 하는 해설자들이 여자 경기에 대한 것보다 다음 경기로 나서는 강태산과 요시다의 특징과 전략에 대해 집중적으로 이야기를 나누고 있었기 때문이었다.

라면이란 말에 반색을 한 것은 그런 이유다.

라면은 아무리 늦게 먹어도 5분이면 충분했기에 그들은 재빨리 먹고 다시 원상태로 되돌아갈 생각을 가지고 있었다.

그럼에도 라면을 입으로 넣으면서 눈은 텔레비전으로 향했다.

그런 그들을 향해 마누라들의 잔소리가 벌 떼처럼 쏟아졌으나 두 형제를 말릴 수는 없었다.

드디어 여자 경기가 끝나자 두 형제가 양치도 하지 않은 채 100m 선수들처럼 텔레비전 앞으로 튀어왔다.

그리고 잠시 후 강태산이 모습을 드러내자 두 형제의 눈이 개구리 소년처럼 커졌다.

"시작한다."

"아우, 긴장돼. 형, 강태산 얼굴이 괜찮아 보이지?"

"그러네."

"그런데 저 씨발놈들 왜 야유를 하고 지랄이야. 저거 너무한 거 아냐?"

"쪽발이들이 원래 그래. 저 새끼들은 태생이 지랄 같은 놈들이라니까."

"태산이가 이번에는 태극기를 들고 나왔네. 멋있다, 저놈. 얼굴에 투지가 가득 들어 있어."

"투지는 무슨, 그냥 여유 있게 보이는구만. 두 눈이 착 가라앉은 게 오히려 더 믿음이 간다."

동생의 말에 김윤석이 대답을 하고 마누라가 가져다 놓은 커피 잔을 들었다.

그의 시선이 퍼렇게 빛난 것은 포탄처럼 터져 나온 일본 관중들의 함성 때문이었다.

"뭐냐, 저 새끼들."

"요시다 저놈은 온몸에 일장기로 도배를 했구만. 개새끼. 대가리에는 뭘 저렇게 둘렀어?"

"지랄들 한다. 시끄러워 죽겠네."

"저놈이 일본에서 제일 인기 있는 놈이래. 일본 놈들이 저놈이라면 껌뻑 죽는다는구먼."

김윤석이 신경질을 내자 김환석이 자신이 알고 있던 말을 꺼냈다.

그는 강태산의 상대로 요시다가 확정되자 각종 인터넷을 뒤져서 놈에 대한 정보까지 수집했기 때문에 요시다에 대해서는 훤하게 꿰고 있었다.

어느새 슬그머니 다가온 그의 마누라가 텔레비전에서 비추는 요시다를 본 후 손뼉을 두들겼다.

"어머, 잘생기긴 잘생겼네요."

"이 사람이, 저놈이 잘생기긴 뭐가 잘생겼어. 기생오라비처럼 생겼지. 저놈보다는 강태산이 훨씬 멋있어. 봐라, 쟤가 강태산이야."

마누라가 요시다를 보고 입을 벌리자 김환석이 거품을 물다가 화면이 바뀌며 얼굴이 나온 강태산을 가리켰다.

그러자 그의 마누라가 두 눈을 휘둥그렇게 떴다.

"어머, 어머, 정말 잘생겼네. 저 사람이 우리나라 사람이에요?"

"그래, 광장한 놈이야. 얼마나 시합도 멋지게 하는지 오금이 다 저릴 정도야."

"요즘 격투기 선수들은 모두 저렇게 잘생겼나? 강태산이란 사람은 마치 영화배우 같아요."

"내가 봐도 그래. 하여간 지켜봐, 엄청난 놈이니까."

"환석아, 이제 시작할 모양이다."

"아, 살 떨려. 잘해줘야 할 텐데 걱정이네."

"이겨야 해. 죽어도 이겨야 해. 강태산 파이팅!"

*　　　　*　　　　*

강태산은 심판이 중앙에서 손을 내리긋는 것과 동시에 코너를 나서며 성큼성큼 걸어갔다.

뒤에서는 김만덕이 악을 쓰며 잘 싸우라고 소리를 지르고 있었지만 그는 오직 요시다를 바라볼 뿐이었다.

나를 무시한 대가.

그 대가가 어떤 것인지 평생 잊지 않도록 해주겠다.

중앙으로 나선 강태산은 갑작스럽게 뻗어온 요시다의 오른쪽 스트레이트를 더킹으로 피한 후 왼쪽으로 돌았다.

그러자 느닷없이 요시다의 오른발 로우킥이 기습적으로 날아오는 것이 보였다.

왼발을 들어 로우킥을 차단한 후 이번에는 오른쪽으로 돌아나갔다.

두 번의 연속 공격에 일본 관중들의 환호 소리가 들려왔으나 강태산의 눈은 심연처럼 가라앉아 있었다.

강태산이 반응을 보이지 않자 요시다의 질주가 시작되었다.

레프트 보디블로에 이은 라이트 훅, 그리고 시간 차로 이어지는 태클.

번개 같은 공격.

강태산은 팔꿈치를 내려 보디 공격을 막고 라이트 훅은 더킹으로 피한 후 하체를 노려온 요시다의 몸을 좌측으로 튕겨냈다.

일방적인 공격.

아직까지 강태산은 요시다를 향해 주먹 한 번 꺼내지 않았다.

수세.

워낙 강렬한 요시다의 공격에 강태산은 연신 뒤로 밀리며 방어에 치중했다.

몸통으로 밀어 옥타곤의 철망까지 강태산을 밀어붙인 요시다의 강력한 주먹이 속사포처럼 터져 나왔다.

단숨에 십여 발의 좌우 혹과 스트레이트가 번개처럼 작동되고 있었다.

요시다가 강태산을 밀어붙인 후 무차별적인 공격을 퍼붓자 일본 관중들은 모두 자리에서 일어나 거대한 함성을 질렀다.

그들은 당장에라도 요시다가 강태산을 무너뜨릴 거란 기대를 하고 있는 것 같았다.

그러나 강태산은 교묘한 위빙과 더킹, 그리고 양손을 이용해서 요시다의 주먹을 무력화시켰고 근접 거리에서 터지는 니킥마저 효율적으로 방어했다.

수많은 펀치들이 요시다에게서 터져 나왔으나 강태산의 몸에 적중한 것은 흘러 나간 것이 전부였다.

철망에서 빠져나온 강태산의 눈은 여전히 회색으로 변해 요시다를 노려보고 있었다.

요시다는 강태산이 중앙으로 자리를 옮기자 마치 맹수가 사냥을 하는 것처럼 천천히 압박해 들어왔다.

또다시 시작되는 맹공.

요시다는 강태산이 반격조차 하지 못하고 방어에 치중하자 점점 경계를 완화시키며 마음껏 주먹을 휘둘러 대기 시작했다.

많은 선수들을 무너뜨린 그의 특기는 속사포처럼 터지는 펀치와 불시에 날아드는 하이킥, 그리고 상대의 균형을 무너뜨려 그라운드에서 무차별적으로 폭격하는 파운딩이었다.

왼손 스트레이트에 이은 오른손 훅.

그리고 하이킥.

요시다의 현란한 펀치 기술이 동시다발적으로 터지고 있었다.

이미, 관중들은 모두 일어나 요시다의 승리를 확신하며 광란의 함성을 내지르고 있는 중이었다.

*　　　　*　　　　*

"아, 안타깝습니다. 강태산 선수, 또다시 몰리고 있습니다. 무차별적인 요시다의 공격! 레프트 훅에 이은 스트레이트, 그러나 강태산 선수! 방어에 성공합니다!!"

김세형의 목소리가 마치 피를 토하는 것 같았다.

그의 목소리에는 안타까움과 분함이 스며들어 있었는데 눈은 이미 붉게 충혈되어 있었다.

그러나 옆에 앉아 있는 신치현의 시선은 더없이 가늘어져 강태산의 움직임을 놓치지 않았다.

"신 위원님, 정말 안타까운 일입니다. 우리의 강태산 선수, 역시 훈련량이 부족한 걸까요. 전혀 반격을 하지 못하고 있습니다."

"글쎄요, 조금 더 두고 봐야 할 것 같습니다."

"강태산 선수의 특기는 불꽃같은 인파이팅인데 오늘은 전혀 그런 모습을 보이지 못하고 있군요. 벌써 체력이 많이 소진된 것으로 보이는데 어떻게 생각하십니까?"

"이제 2분이 지났을 뿐이지만 몸의 움직임은 괜찮습니다. 그리고 자세히 보시면 알겠지만 지금까지 정타는 한 대도 맞지 않았습니다. 강태산 선수의 철벽 방어와 블로킹은 감탄이 나올 정돕니다."

"그래도 방어만 해서는 경기에 이길 수 없습니다. 이대로 계속 시합이 진행된다면 결국 지게 되지 않을까요?"

"아쉬운 것은 강태산 선수의 체력 부분입니다. 제가 봤을 때 강태산 선수는 캐스터께서 말씀하신 대로 체력에 문제가 있는 것으로 보입니다. 방어에는 성공하고 있지만 반격까지 할 여력이 없는 것 같군요. 안타까운 일입니다."

"결국 무리한 시합 일정이 오늘 같은 일을 만들었군요. 정말 이해가 되지 않습니다. 강태산 같은 유망주가 일본에서 이렇게 일방적으로 당하는 경기를 중계하게 되다니 정말 아쉽기만 합니다."

"강태산 선수는 매니지먼트에 실패한 것 같습니다. 지금 코너에서 세컨을 보고 있는 김영철 관장은 격투기 쪽에서는 전혀 생소한 인물입니다. 강태산 선수가 투혼팀과 같은 곳에 소속되어 있었다면 이런 일은 없었을 겁니다."

"말씀드리는 순간 요시다의 공격이 다시 시작됩니다. 강태산 선수 철망으로 다시 몰립니다. 아, 안타깝습니다."

*   *   *

김윤석은 꼼짝도 하지 못했다.

아니, 그것은 김환석도 마찬가지였다.

두 주먹을 불끈 쥐고 있는 그들은 강태산이 연속으로 몰리자 이까지 악문 채 그 장면을 지켜보았다.

그러다가 결국 참지 못하고 김환석의 입에서 고함이 터져 나왔다.

"씨발, 저 새끼 정말 여자들한테 빠져 지냈나 봐. 지리산 특훈을 했다더니 개뿔, 모텔에 처박혀 있었던 모양이다!"

"저런 병신 같은 놈. 아우, 열불 나. 다른 놈한테는 그렇게 잘하더니 일본 놈한테… 휴우, 여보, 냉수 좀 줘!"

동생의 말을 들은 김윤석이 참지 못하고 결국 물을 찾았다.

그는 경기가 시작된 후 지금까지 한 마디도 하지 않았지만 동생의 말에 영향을 받았던지 폭탄의 심지에 불을 붙인 듯 열변을 토해내기 시작했다.

"좀 너도 때려봐라. 도대체 왜 주먹을 못 내밀어, 병신처럼. 아무리 힘이 없어도 그 정도는 해야 되는 거잖아!"

"체력이 안 된다잖아, 체력이. 겨우겨우 방어만 하고 있는 놈이 뭘 할 수 있겠어."

"도대체 어디서 뭘 했길래 저 모양이 된 거냐. 미치겠네."

"여보, 고혈압 조심하라고 했잖아. 여기 물 좀 마셔요!"

김윤석은 마누라가 내민 물 잔을 받아 들고 벌컥벌컥 들이마셨다.

그럼에도 눈은 텔레비전에 고정된 채 움직이지 못했다.

말은 그렇게 하고 있었지만 그의 눈에 들어 있는 것은 끝내 포기하고 싶지 않다는 희망이었다.

＊　　　　＊　　　　＊

1라운드 3분이 지났다.

요시다의 폭풍 같은 공격에 일본 관중들은 모두 일어난 채 미친 사람들로 변해 있었다.

강태산은 위빙으로 요시다의 스트레이트를 흘려보낸 후 힐끗 시계를 바라보았다.

요시다는 이를 악문 채 공격 타이밍을 노리고 있었다.

거칠어진 숨결. 슬쩍 붉어진 얼굴.

일방적인 공격을 하고도 성과가 없자 요시다는 당황하는 모습이 역력했다.

시계를 확인한 강태산이 요시다를 향해 시리도록 하얀 웃음을 보였다.

그런 후 한 발 물러선 요시다를 향해 불쑥 다가갔다.

번개 같은 레프트 보디블로.

지금까지 주먹을 꺼내 들지 못하던 강태산이 갑자기 레프트 보디를 치자 요시다가 급히 뒤로 물러섰다.

하지만 그것은 시작에 불과했다.

드디어 강태산의 폭풍 같은 질주가 시작되었다.

페인팅으로 레프트 보디블로를 날려 요시다를 물러서게 만든 강태산은 곧바로 치고 들어가며 라이트 스트레이트를 안면에 작렬시켰다.

덜컥!

얼굴이 뒤로 밀리며 요시다의 몸이 움찔했다.

곧이어 강태산의 레프트 보디블로가 다시 움직였다.

그러나 이번은 페인팅이 아니라 허점을 정확하게 보고 가격한 것이었다.

보디블로는 상대의 펄쩍거리는 다리를 잡는 데 가장 효율적인 공격이다.

요시다의 빠른 발을 잡기 위해서는 무엇보다 선행되어야 하는 공격이 바로 보디 공격이었다.

그랬기에 강태산은 급히 좌측으로 물러나는 요시다를 향해 이번에는 오른쪽 보디블로 공격을 감행했다.

또다시 보디를 맞은 요시다가 뒤쪽으로 후퇴했으나 충격을 받은 것이 확연히 느껴졌다.

강태산은 요시다에 비해 스피드가 절대 느리지 않다.

지금까지 요시다의 공격을 받아준 것은 놈에게 커다란 무력감을 주기 위함이었을 뿐이었다.

더군다나 요시다는 보디 공격으로 인해 다리가 무뎌진 상태였기에 강태산의 빠른 발이 앞으로 전전하자 요시다를 금방 따라잡았다.

레프트 훅에 이은 라이트 어퍼컷.

요시다의 고개가 뒤로 젖혀질 만큼의 강력한 주먹.

옥타곤의 철망으로 몰린 요시다의 눈이 반쯤 풀리며 휘청거렸다.

그럼에도 요시다는 금방 자세를 확보하고 미친 듯이 주먹을 휘둘러 강태산을 향해 돌진해 나왔다.

뒤로 물러난 것은 요시다의 공격이 무서워서가 아니었다.

처음 시작했을 때의 경고.

다시는 내게 비웃음을 날리면 죽여 버리겠다는 경고는 빈말로 한 것이 아니다.

요시다의 펀치를 흘려낸 강태산은 놈이 잠시 정신을 차리게 만든 후 재차 공격을 시작했다.

무차별적인 펀치 세례.

요시다가 전신을 웅크린 채 방어를 했으나 이번에는 강태산의 킥이 작렬하기 시작했다.

상체를 집중적으로 방어하는 요시다의 왼다리에 로우킥이 연속으로 터졌고 고개를 숙인 머리와 배로 하이킥과 미들킥이 칼날처럼 스며들었다.

그럼에도 요시다는 틈이 날 때마다 주먹을 뻗어왔다.

절대 그냥 죽지 않겠다는 일본인의 정신이 그의 주먹에 담겨 있었다.

누구에게나 인정받는 하드펀처.

제대로 한 방 걸리면 아무도 서 있지 못하게 만든다는 요시다의 주먹은 강태산의 허점을 노린 채 무차별적으로 난사되었다.

그러나 그의 공격은 허공을 갈랐을 뿐이었고 오히려 상황을 더욱 악화시켰다.

이제 상황은 완전히 바뀌었다.

그동안 요시다의 공격에 강태산은 수비를 하면서 시간을 끌었으나 특유의 인파이팅이 시작되자 일본 관중들의 열광은 한순간에 찬물을 끼얹듯 가라앉았다.

그럼에도 그들은 자리에서 앉지 못했다.

요시다가 수시로 철망에 몰리면서 피를 흘리고 있는데도 그들은 경기 초반의 맹공을 생각하며 그가 강태산을 쓰러뜨리기를 간절히 바라고 있었다.

강태산의 주먹에 요시다의 눈가가 찢어지며 피가 흐르기 시작한 것은 시작에 불과했다.

강태산이 간간이 붙어서 퍼붓는 팔꿈치 공격이 야금야금 요시다의 얼굴을 엉망으로 만들고 있었다.

원투 스트레이트를 뻗어온 공격을 더킹으로 피한 강태산의 라이트 훅이 강력하게 얼굴에 꽂히자 간신히 철망에서 빠져나왔던 요시다가 휘청이며 뒤로 물러섰다.

강태산의 눈이 퍼렇게 빛나기 시작한 것은 요시다의 얼굴이 피로 물들고 나서부터였다.

*　　　*　　　*

"기적입니다! 기적이 일어나고 있습니다! 그동안 한 번도 공격을 하지 못하던 강태산 선수가 요시다를 밀어붙이고 있습니다! 강력한 라이트 훅, 요시다, 충격을 받았습니다!"

스튜디오에 앉아서 안타깝게 중계를 하고 있던 김세형이 자리에서 벌떡 일어나 울부짖듯 외쳤다.

그 옆에는 신치현 역시 물병을 든 채 일어나 있었는데 그들은 마치 믿기지 않는 것을 본 사람들처럼 정신이 없어 보였다.

"뒤로 물러나는 요시다! 강태산 선수, 접근합니다! 로우킥, 이번에는 로우킥이 작렬합니다! 이어지는 공격, 깨끗한 라이트 스트레이트! 그러나 요시다, 만만치 않습니다! 난타전입니다! 난타전…
그러나 밀고 있는 것은 강태산 선수입니다! 강태산 선수, 완전히
살아났습니다! 특유의 불꽃같은 인파이팅이 시작되었습니다!"

"난타전으로 보이지만 강태산 선수는 한 대도 맞지 않고 있
습니다. 저것 보십시오. 요시다 선수가 또 물러나잖습니까. 힘
에서도 밀리고 기술에서도 밀립니다. 이제 보니 강태산 선수는
이 순간을 위해서 참고 있었던 것 같습니다."

"강태산 선수, 무섭습니다. 만약 이것이 작전에 의한 것이었다
면 철저하게 요시다를 분석한 것 아니겠습니까?"

"나중에 알아봐야 되겠지만 그럴 가능성이 너무나 큽니다.
요시다가 거의 3분 가까이 일방적으로 공격했어도 강태산 선수
가 허용한 펀치는 거의 없었습니다. 정말 대단한 방어 능력이라
고밖에 볼 수 없을 것 같습니다."

화면을 뚫어지게 지켜보고 있는 신치현의 고개가 저절로 흔
들거렸다.

자신이 누구보다 전문가라고 자부했지만 오늘 이 경기가 강태
산이 고의로 만들어낸 거라면 너무나 기가 막힌 일이었기 때문
이었다.

김세형이 또다시 울부짖기 시작한 것은 강태산의 공격이 다
시 격렬하게 시작된 후였다.

"강태산 선수, 요시다를 절망에 가뒀습니다! 무차별적인 폭격!
이번에는 킥들이 움직입니다. 강력한 킥 공격에 요시다, 무방

비 상탭니다! 그러나 요시다도 만만치 않습니다! 요시다의 좌우
혹. 강태산 선수 물러나는군요!"

"모험을 할 필요가 없습니다! 이제 승기를 잡았으니 천천히
요리해도 충분합니다! 강태산 선수, 잘하고 있는 겁니다!"

*　　　　*　　　　*

강태산의 시퍼렇게 변한 눈은 숨을 헐떡거리며 자신을 노려
보고 있는 요시다의 시선을 깔아뭉갰다.

놈은 상처 입은 짐승처럼 필사적으로 자신의 공격에 대항하
고 있었다.

정확한 스트레이트에 의해 요시다의 코에서는 피가 흘러 눈
에서 흐른 피와 합쳐지며 바닥으로 떨어졌다.

엉망으로 변한 얼굴.

하지만 강태산의 시퍼런 눈에는 조금의 동정도 나타나지 않
았다.

죽인다는 뜻은 생명을 끊어놓겠다는 것이 아니라 죽고 싶을
정도의 고통을 주겠다는 것이었다.

격투기 선수는 투지를 잃어버리는 순간 생명이 끊어지는 것
과 마찬가지다.

초반에 요시다의 공격을 고스란히 받으며 반격을 가하지 않
은 것은 그의 공격 기술이 얼마나 형편없는 것인지 똑똑히 알려

주고 싶었기 때문이었다.

놈의 공격이 아무리 대단해도 방어에 치중한다면 어떠한 공격도 막아낼 수 있었다.

타고난 감각과 무림에서 벌였던 수많은 전투에서 얻은 방어력은 그 어떤 공격도 차단하는 것이 가능하게 했다.

그리고 지금.

요시다는 그의 공격에 의해 점점 만신창이로 변해가고 있었다.

아직까지 요시다의 눈은 붉게 물든 채 자신을 노려보고 있었으나 그 붉은 기운은 처음보다 훨씬 희미해진 상태였다.

그 눈에 남아 있는 투지를 깨부순다.

지금부터.

강태산은 요시다의 주먹을 귓가로 흘린 후 앞으로 파고들었다.

근접한 거리.

그의 양쪽 팔꿈치가 접근된 상태에서 피스톤처럼 뿜어져 나왔다.

방어를 하기 위해 요시다가 안간힘을 썼으나 그의 팔은 강태산의 니킥에 의해 자연스럽게 떨어져 내리면서 안면에 무수한 공격을 허용했다.

거의 십여 차례에 걸친 맹공.

요시다의 고개가 점점 숙여졌고 허리는 구부러지기 시작했다.

충격으로 인해 서 있기조차 힘든 모습.

그러나 강태산은 심판이 끼어들 기미를 보이자 즉시 뒤쪽으로 물러났다.

마침 요시다가 마지막 힘을 짜내어 주먹을 휘둘렀기 때문에 심판이 경기를 중단시키려다가 주춤거리는 것이 보였다.

아마, 미국에서 벌어진 시합이었다면 벌써 끝내야 정상인 경기였으나 심판은 요시다가 일본인이라는 사실 때문에 결정적인 순간까지 스톱을 시키지 못하는 것 같았다.

강태산이 물러나는 것과 동시에 무너져 내리던 요시다가 힘겹게 앞으로 걸어 나왔다.

그는 반쯤 풀린 눈이었으나 무의식적으로 싸워야 한다는 의지를 버리지 못했던 모양이었다.

뒤로 물러섰던 강태산이 요시다를 향해 빠르게 접근하며 공중으로 튀어 올랐다.

요시다가 입에서 피를 뱉으며 이를 악무는 순간이었다.

빠악!

공중으로 떴던 강태산의 오른 주먹이 요시다의 가드를 뚫고 정확하게 안면에 꽂혔다.

그 누구도 예상하지 못했던 공격.

3m에 달했던 거리를 순식간에 압축시키며 공간을 격하고 날아간 펀치는 무시무시한 위력을 담고 있었다.

펀치를 맞은 요시다가 뒤로 비틀거리며 물러서다 그대로 꼬꾸라졌다.

그러고는 더 이상 움직이지 못했다.

　　　　*　　　　*　　　　*

"요시다, 요시다! 일어서지 못합니다! 의식을 잃은 것 같습니다! 국민 여러분, 기뻐해 주십시오! 우리나라의 강태산 선수가 열세를 극복하고 요시다를 KO시켰습니다!"

"강태산 선수, 정말 대단합니다!"

"일본 관중들 일어선 채 꼼짝도 못 하는군요. 그토록 열광하던 모습은 어디로 갔나요?"

"일본 사람들은 상상도 하지 못했을 겁니다. 요시다가 이렇게 당할 줄 정말 꿈속에서도 생각하지 않았을 거예요."

"요시다 선수, 괜찮을까요? 제가 강태산 선수의 경기를 꽤 많이 지켜봤지만 그가 이처럼 상대를 짓이겨 놓은 것은 처음 봅니다. 요시다 선수의 얼굴은 완전히 혈인으로 변했습니다."

"그렇습니다. 오늘 강태산 선수는 작정을 했던 것으로 보입니다."

"마지막 주먹이 슈퍼맨 펀치였죠?"

"그렇습니다. 전설적인 챔피언 PSG가 써서 유명해졌던 공격입니다. 허공을 날아서 정확한 타이밍에 상대의 급소에 펀치를 꽂아 넣는 고난도 기술입니다."

"이제 강태산 선수는 14연속 KO승을 거뒀습니다. 이렇게 되면 랭킹이 어떻게 될 것 같습니까?"

"제가 봤을 때 상위 랭커를 한 명만 더 잡으면 챔피언 타이틀에도 도전할 수 있을 것으로 예상됩니다."

"믿음직스럽습니다. 초반에 많은 우려를 했지만 강태산 선수는 완벽한 전략으로 요시다를 때려눕혔습니다. 시청자 여러분, 우리는 조만간 세계 챔피언을 만나게 될지도 모르겠습니다. 강태산 선수의 폭풍 같은 질주가 정말 무섭습니다."

"지금 같은 페이스라면 충분히 노려볼 만합니다. 저는 정말 믿기지 않습니다. 우리나라에서 저런 선수가 나왔다는 게 얼마나 자랑스럽습니까."

"그렇습니다. 정말 자랑스럽습니다. 말씀드리는 순간 강태산 선수의 팔이 번쩍 올라갔습니다! 1라운드 4분 20초 만의 KO승. 강태산 선수가 이겼습니다!"

『투신 강태산』 4권에 계속…

이제부터 전자책은

이젠북

www.ezenbook.co.kr

새로운 세계가 열린다!

김재한『성운을 먹는 자』	철백『대무사』
니콜로『마왕의 게임』	가프『궁극의 쉐프』
이경영『그라니트:용들의 땅』	문용신『절대호위』
탁목조『일곱 번째 달의 무르무르』	천지무천『변혁 1990』
강성곤『메이저리거』	SOKIN『코더 이용호』

이름만 들어도 황홀할 정도의 별들의 향연!
이들의 "유료연재"가 시작됩니다!

검색창에 **이젠북**을 쳐보세요! ▼ Q

초대형 24시 만화방

신간 100%, 샤워실, 흡연실, 수면실(침대석), 커플석, 세탁기 완비

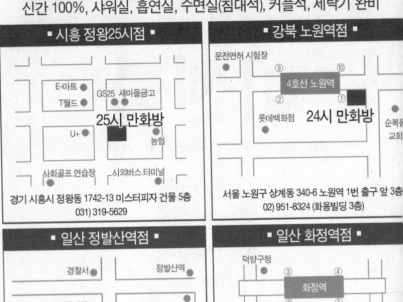

▪ 시흥 정왕25시점 ▪

E-마트
T월드
GS25 새마을금고

25시 만화방

U+
농협

사회골프 연습장   시외버스 터미널

경기 시흥시 정왕동 1742-13 미스터피자 건물 5층
031) 319-5629

▪ 강북 노원역점 ▪

운전면허 시험장
⑨   ⑩
4호선 노원역
②   ①
롯데백화점   **24시 만화방**
순복음
교회

서울 노원구 상계동 340-6 노원역 1번 출구 앞 3층
02) 951-8324 (화용빌딩 3층)

▪ 일산 정발산역점 ▪

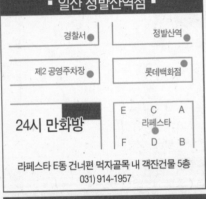

경찰서   정발산역

제2 공영주차장   롯데백화점

24시 만화방

E C A
라페스타
F   D B

라페스타 E동 건너편 먹자골목 내 객잔건물 5층
031) 914-1957

▪ 일산 화정역점 ▪

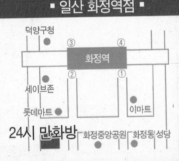

덕양구청
③   ④
화정역
②   ①
세이브존
롯데마트   이마트

24시 만화방 화정중앙공원 화정동 성당

경기도 고양시 덕양구 화정동 984번지 서일빌딩 7
031) 979-4874 (서일사우나 건물 7층)

▪ 부천 역곡역점 ▪

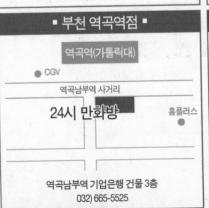

역곡역(가톨릭대)

● CGV

역곡남부역 사거리

24시 만화방   홈플러스

역곡남부역 기업은행 건물 3층
032) 665-5525

▪ 부평역점 ▪

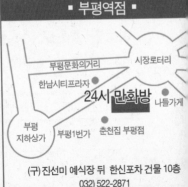

시장로터리

부평문화의거리
한남시티프라자 ● **24시 만화방**
나들가게

부평
지하상가   부평1번가   춘천집 부평점

(구) 진선미 예식장 뒤 한신포차 건물 10층
032) 522-2871

최연소 장군 아버지의 뒤를 따라 군에서 승승장구하던 하진.
어느 날 방산비리에 연루된 아버지의 잠적으로
가정이 풍비박산이 난다.

자포자기하며 방황하던 하진은
어느 날 골동품을 파는 노파를 돕고
기묘한 느낌이 드는 목함을 손에 넣게 되는데······

그리고 그를 찾아온 빚쟁이들과 쏟아지는 폭력 속에서
목함은 하진을 기묘한 세상으로 이끈다!

『무한 레벨업』

살아남아라! 그리고 재패하라!
패왕의 인장을 손에 넣은 하진의 이계 정복기!

Book Publishing CHUNGEORAM

 유행이 아닌 자유추구 -
WWW.chungeoram.com

FUSION FANTASTIC STORY

김대산 장편소설

완반지

2년 차 대한민국 취업 준비생 김철민.

친척 하나 없는 사고무친의 처지로 앞날이 막막하기만 하던 어느 날,
우연치 않게 산 로또가 1등에 당첨된다.
아니, 그가 1등에 당첨되도록 만들었다.

혼자만의 상상으로만 해왔던 이상한 놀이
'시거'가 현실로 이루어진 것이다.

졸부(猝富), 그리고 '시거'와 함께
또 하나의 이상한 현상인 '슬비'가 더해지면서,

그의 일상은 이윽고
예측할 수 없는 격변 속으로 빠져든다.

Book Publishing CHUNGEORAM

유행이 아닌 자유추구 -
WWW.chungeoram.com

검은
천사

임영기 장편소설

FUSION FANTASTIC STORY

90년대 말, 무너지는 체제 속
살길을 찾아 북한 땅을 탈출하는 주민들.

국경지대에는 고통이 가득했다.

굶주림과 차별, 그리고 위협…….

그 속에서 탈북 주민 조은애는 브로커에게 목이 졸려 죽고

그녀의 염원은 기적을 불렀다.

운명의 부름을 받은 한국의 청년 최정필.
두만강을 오가며 탈북자들의 검은 천사가 되다!

Book Publishing CHUNGEORAM

유행이 아닌 자유추구 -
WWW.chungeoram.com

이계진입
리로디드

임경배 퓨전 판타지 소설

FUSION FANTASTIC STORY

『권왕전생』 임경배의 2015년 신작!

『이계진입 리로디드』

왕의 심장이 불타 사라질 때,
현세의 운명을 초월한 존재가 이 땅에 강림하리라!

폭군으로부터 이세계를 구원한 지구인 소년 성시한.
부와 명예, 아름다운 연인…
해피엔딩으로 이야기는 끝인 줄 알았건만
그 대가는 지구로의 무참한 추방이었다.
그리고 10년 후…….

"내가 돌아왔다! 이 개자식들아!"

한 번 세상을 구한 영웅의 이계 '재' 진입 이야기!

미러클
테이머

인기영 장편소설

FUSION FANTASTIC STORY

MIRACLE
TAMER

이계로 떨어져 최강, 최고의 테이머가 되었다.
그러나… 남은 것은 지독한 배신뿐.

배신의 끝에서 루아진은 고향 지구로 되돌아오게 되는데……
몬스터가 출몰하기 시작한 지구!
그리고 몬스터를 길들일 수 있는 테이머 루아진!
그 둘의 조합은……?

『미러클 테이머』

**바야흐로 시작되는
테이머 루아진과 몬스터들의 알콩달콩한
대파괴의 서사시!!**

New Publishing CHUNGEORAM

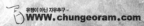
유행이 아닌 자유추구 -
WWW.chungeoram.com

이모탈 퓨전 판타지 소설
FUSION FANTASTIC STORY

용병들의 대지
Road of
Mercenaries

이 세계엔 3개의 성역이 존재한다.
기사들의 성역, 에퀘스.
마법사들의 성역, 바벨의 탑.
그리고… 그들의 끊임없는 견제 속에 탄생하지 못한

『용병들의 대지』

전쟁터의 가장 밑을 뒹굴던 하급 용병 아론은
이차원의 자신을 살해하고 최강을 노릴 힘을 가지게 된다.

그의 앞으로 찾아온 새로운 인생!
아론은 전설로만 전해지던
용병들의 대지를 실현시킬 수 있을 것인가!

Book Publishing CHUNGEORAM

용병이라면 청어람

WWW. chungeoram.com

FUSION FANTASTIC STORY

텀블러 장편소설

현대 천마록

천하를 호령하고, 전 무림을 통합한
일월신교의 교주 천하랑.
사람들은 그를 천마, 혹은 혈마대제라고 불렀다.

『현대 천마록』

무공의 끝은 불로불사가 되는 것이라 생각했지만
그로서도 자연의 섭리 앞에선 어쩔 수 없었다!

'그렇게 많은 피를 흘렸음에도 불구하고
죽을 때가 되니 남는 것이 없군그래.'

거듭된 고련 끝에 천하랑의 영혼이
존재하지 않게 된 그 순간
그의 영혼은 현세에서 천마로서 눈을 뜬다!

Book Publishing CHUNGEORAM

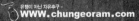

유령이 아닌 자유추구 -
WWW.chungeoram.com

FUSION FANTASTIC STORY

가프 장편소설

시크릿 메즈

SECRET MEZ

—너는 10,000개의 특별한 뉴런을 더하게 되었어.
매직 뉴런, 불멸의 뉴런이지.

실험실 알바를 통해 만난 '6번 뇌'.
우연한 만남은 이강토를 신비의 세계로 이끈다.

『 시크릿 메즈 』

매직 뉴런을 탑재한 이강토의
정재계를 아우르는 좌충우돌 정의구현!
긴장하라, 당신이 누구든 운명은 이미 그의 손안에 있으니!

"무슨 꿍꿍이가 있는지, 어디 한번 봐볼까?"

Book Publishing CHUNGEORAM

유행이 아닌 자유추구 -
WWW.chungeoram.com